新编学生国学丛书

唐敬杲 选注　司马朝军 校订

顾炎武文

中国文史出版社

图书在版编目（CIP）数据

顾炎武文/唐敬杲选注；司马朝军校订.——北京：

中国文史出版社，2019.10

　　（新编学生国学丛书/缪天绶等主编）

　　ISBN 978-7-5205-1501-6

　　Ⅰ.①顾…　Ⅱ.①唐…　②司…　Ⅲ.①古典散文－散

文集－中国－清代　Ⅳ.①I264.9

　　中国版本图书馆CIP数据核字(2019)第240995号

责任编辑：金　硕

出版发行：**中国文史出版社**

社　　址：北京市海淀区西八里庄路69号院　　邮　　编：100142

电　　话：010-81136606　81136602　81136603　81136605（发行部）

传　　真：010-81136655

印　　厂：北京温林源印刷有限公司

经　　销：全国新华书店

开　　本：880mm×1230mm　　1/32

印　　张：6.75

字　　数：137千字

版　　次：2020年2月北京第1版

印　　次：2020年2月第1次印刷

定　　价：28.80元

总　序

冯天瑜

作为汉字古典词，"国学"本谓周朝设于王城及诸侯国都的贵族学校，以与地方性、基层性的"乡校""私学"相对应。隋唐以降实行科举制，朝廷设"国子监"，又称"国子学"，简称"国学"，有朝廷主持的国家学术之意。

时至近代，随着西学东渐的展开，与来自西洋的"西学"相比配，在汉字文化圈又有特指本国固有学术文化的"国学"一名出现。如江户幕府时期（1601—1867）的日本人，自18世纪起，把流行的学问归为三类：汉学（从中国传入）、兰学（从欧美传入，19世纪扩称洋学）、国学（从《古事记》《日本书纪》发展而来的日本固有学术）。19世纪末、20世纪初，中国留日学生与入日政治流亡者，以及活动于上海等地的学人，采借日本已经沿用百余年的"国学"一名，用指中国固有的学术文化。1902年梁启超（1873—1929）撰文，以"国学"与"外学"对应，强调二者的互动共济，梁氏曰："今日欲使外学之真精神普及于祖国，则当转输之任者，必邃于国学，然后能收其效。"（《论中国学术思想变迁之大势》）1905年国粹派在上海创办《国粹学报》，公示"发明国学，保存国粹"宗旨。这里的"国学"意为"国粹之学"。该刊发表章太

1

炎（1869—1936）、刘师培（1884—1920）、陈去病（1874—1933）等人的经学、史学、诸子学、文字训诂方面文章，以资激励汉人的民族精神与文化自信。从此，中国人开始在"中国固有学术文化"意义上使用"国学"一词，为"国故之学"的简称。所谓"国故"，指中国传统的学术文化之故实，此前清人多有用例，如魏源（1794—1857）认为，学者不应迷恋词章，学问要从"讨朝章、讨国故始"（《圣武记》卷一一），这"讨国故"的学问，也就是后来所谓之国学。

经清末民初诸学者（章太炎、梁启超、罗振玉、王国维、刘师培、黄侃、陈寅恪等）阐发和研究，国学所涉领域大定为：小学、经学、史学、诸子、文学，约与现代人文学的文、史、哲相当而又加以综汇，突现了中国固有学术整体性特征，可与现代学校的分科教学相得益彰、彼此促进，故自 20 世纪初叶以来，"国学"在中国于起伏跌宕间运行百年，多以偏师出现，而时下又恰逢勃兴之际。

中国学术素有"文、史、哲不分家"的传统，中国学术的优势与缺陷皆与此传统相关。百年来的中国学校教育仿效近代西方学术体制，高度分科化，利弊互见。其利是促进分科之学的发展，其弊是强为分割知识。为克服破碎大道之弊，有人主张打通文、史、哲壁垒，于是便有综汇中国人文学的"国学"之创设，并编纂教材，进于学校教育、家庭教育、社会教育，其先导性教材结集，为20世纪20年代至30年代原商务印书馆由王云五策划并担任主编的《万有文库》之子系《学生国学文库》。所收均为四部重要著作。略举大凡：经部如诗、礼、春秋，史部如史、汉、五代，子部如庄、孟、荀、韩，并皆刊入；文辞则上溯汉、魏，下迄近代，诗歌则陶、谢、李、杜，均有单本，词则多采五代、两宋。丛书凡60册，已然囊括了"国学"之精粹。其鲜明之特色是选注者掺入了对原著的体味，经史诸书选辑各篇，以表见其书、其作家之思想精神、文学技术、历史脉络者为准。其无关宏旨者，概从删削、剔抉。选注者中不乏叶圣陶、茅盾、邹韬奋、傅东华这样的学界翘楚。他们对传统国学了然于胸，于选注自然是举重若轻，驾轻就熟。这样一份业经选注者消化、反刍的国学精神食粮自然更便于国学入门者吸收。

这样一套曾在20世纪初在传播传统文化、普及国学知识方面起到重要的作用的丛书即便今天来看也是历久弥新。中国文史出版社因应时势，邀约深谙国学之行家里手于原辑适当删减、合并、校勘，以30册300余万言，易名《新编学生国学丛书》呈献当今学子。诸书均分段落，作标点，繁难字加注音，以便省览。诸书原均有注释，古籍异释纷如，原已采其较长者，现做适当取舍、增删。诸书较为繁难、多音多义之字，均注现代汉语拼音，以便讽颂。诸书卷首，均有选注者序，述作者生平、本书概要、参考书举要等，凡所以示读者研究门径者，不厌其详，现一仍其旧。

这样一套入门的国学读物，读者苟能熟读而较之，冥默而求之，国学之精要自然神会。

是为序。

校订说明

丛书原名《学生国学文库》，为 20 世纪二三十年代商务印书馆王云五主编《万有文库》之子系，现易名《新编学生国学丛书》，奉献给广大国学爱好者。

原丛书共 60 种，考虑到难易程度、四部平衡、篇幅等因素，在广泛征求专家意见基础上，现删减为 34 种 30 册。

基本保留了原书的篇章结构。因应时势有极少量的删节。

原文部分，均选用通用、权威版本全文校核，参以校订者己见做了必要的校核和改订。为阅读的通顺、便利，未一一标注版本出处。

注释根据原文的结构分别采用段后注、文后注，以便读者省览。原注作了适当增删，基本上保持原文字风格，之乎者也等虚词适当剔除，增删力求通畅、易懂，避免枝蔓。典实、注引做了力所能及的查证，但因才学的有限疏漏可能在所难免。

原书为繁体竖排，现转简体横排。简化按通行规则，但考虑到作为国学读物，普及小学知识亦在情理之中，故而保留了少量通假字、繁体字、异体字，一般都出注说明。或许亦可增加读者的阅读兴趣和扩大知识面。

生僻、多音字作相应注音，原反切、同音、魏妥玛注音，均统一改现代汉语拼音。

国学读物校订，工作浩繁，往往顾此失彼，多有不当处，还望读者指正。

凡　例

　　此编选录，凡散文四十九篇，日知录二十八条。散文，议论文居首，记事文居次，书札又次之。日知录各条，则悉依原有序次。

　　此编所加注释，一律排在本文之后；惟日知录各条，间有亭林先生原注，则用六号字夹排本文中间，以为区别。原注有不易明了处，并加新注，一如本文。

　　此编除撰新序，详述亭林先生家世、行传、著作及思想之概要外，并制亭林先生年表，凡亭林先生平生事迹荦荦可举者，悉为简单之记载；所录各文，其撰作年月可考者，亦悉附记各该年份之下，以资参证。（新版从略）

绪　言

一、亭林先生的家世

顾氏的先世住在吴郡，为江东四大姓之一。五代时迁居滁州。南宋时有名庆的，从滁州迁居海门姚刘沙（今崇明县）。庆的次子伯善，又从姚刘沙迁居昆山县，就世世住在昆山县的花浦村；其后又移家千墩地方。

从伯善传十一世到济，是先生的高祖，字舟卿，号思轩，明正德间的进士，历官行人、刑科给事中、江西饶州知府，著有《谏垣疏》一卷。曾祖章志，字子行，号观海，嘉靖癸丑的进士，官做到南京兵部侍郎；性极清介，独爱藏书，往往出俸购买（见《钞书自序》）。本生祖绍芳，字实甫，号学海，万历丁丑年的进士，官做到左春坊左赞善，著有《宝庵集》十二卷。《静志居诗话》称他"工于五律，不露新颖矜练以出之，颇有近于孟襄阳、高苏门者"。嗣祖绍芾，字德甫，号蠡源，是章志的次子，太学生。他天才俊逸，工诗古文，奇奥秀拔，在太白、长吉间；尤善于书法，极为董其昌所称许（《昆新合志》）。《钞书自序》说："先祖书法盖逼唐人。性豪迈不群；然自言少时日课钞古书数纸，今散亡之余，犹数十帙。"本生父同应，字仲从，又

6

字宾瑶，官荫生。"清修笃学，负东南重望"（《憺园集》）。性极阔达，好施与，死的那天，戚友哭他，几于罢市。善于诗文，著有《药房》《秋啸》等集（《苏州府志》）。他的诗"词澹意远，有白云自出，山泉泠然之致"（《明诗综》引王平仲语）。嗣父同吉，早卒。嗣母王氏，是太仆赤卿王宇的孙女，诸生王述的女儿。她是一个烈性的奇女子，十七岁未婚守节；明朝亡后，她又不食殉国；性极孝，尝断指以疗姑病。《先妣王硕人行状》说："……昼则纺织，夜观书，至二更乃息……尤好观《史记》《通鉴》及《本朝政纪》诸书，而于刘文成、方忠烈、于忠肃诸人事，自炎武十数岁时即举以教……有奁田五十亩，岁所入，悉以散之三族。"先生的性行学业，最得力于他的嗣祖和嗣母，看了《三朝纪事阙文序》《钞书自序》《先妣王硕人行状》，可以知道。

二、亭林先生的行传

先生初名绛，字忠清。明朝亡后，他就改名炎武，字宁人；又曾叫做圭年，别号蒋山傭。学者们称他做亭林先生。

先生生于明万历四十一年（1613），是宾瑶公的次子。在他嗣祖蠡源公、嗣母王硕人抚育教诲之下，抵于成立。他自幼情耿介，落落有大志，不与人苟同。相貌极为怪异，瞳子中白边黑；尝和同里归庄共游复社，人称他俩为"归奇顾怪"。他少年时，和诸文士做诗会文，在文坛上蜚其声名。

《答原一公肃两甥书》有曰："追忆曩游：未登弱冠之年，即与斯文之会，随厨俊之后尘，步杨班之逸躅；人推月旦，家擅雕龙"，就是他那时的自述。又鉴于国事日非，便留心经世之学，遍览二十一史、明代十三朝实录、天下图经、前辈文编说部以至公移邸钞之类一千余部，凡关于民生利病的，分类录出，旁推互证，著《天下郡国利病书》。书还没有成功而明祚倾覆，清兵下江南，先生纠合同志，起义兵，守吴江；但终于失败了！他的母亲对他说道："我虽妇人，身受国恩，与国俱亡，义也。汝无为异国臣子，无负世世国恩，无忘先祖遗训，则吾可瞑目于地下！"（《先妣王硕人行状》）就绝粒十五天而死。这种悲壮激烈的教训，永远留在他的心坎中，他半生奔走流离、可歌可泣的生涯，就是这样决定的。明年，隆武帝在福建即位，遣使召先生做职方郎，他因母未葬，没有去。适有仇家叶姓欲陷害先生，他就扮作商贾模样，出游江、浙一带。

先是，先生有一世仆叫做陆恩，见先生出游家落，叛投叶姓；受叶姓的唆使，欲告先生通海（当时和鲁王、唐王通的，叫做"通海"）。被先生捉住，投下海去。叶姓就讼先生，并以千金贿太守，欲把先生非法杀害。有替先生求救于钱谦益的，谦益欲先生称门下，那人知先生是断然不肯的，就私写一名刺给他。先生知道了，急索还名刺；不得，就揭文自白。在这样生死关头，还是不愿稍损他的节概，也可以见得先生耿介之一斑了。其后，由路泽溥诉于兵备使者，狱才得解。

狱解之后，他就浩然去乡里，北游山东、河北、河南、山西一带，察看形势，交结豪杰，并在冲要之处从事垦田，以图恢复。曾五谒孝陵（南京明太祖墓），六谒思陵（北京昌平明怀宗墓）。最后，他定居于陕西的华阴。他说道："秦人慕经学，重处士，持清议，实他邦所少。而华阴，缩毂关、河之口，虽足不出户，而能见天下之人，闻天下之事。一旦有警，入山守险，不过十里之遥；若志在四方，亦有建瓴之势。"在华阴，他置田五十亩自给；他处开垦所入，另外存储，以备恢复之用。然而这件事，终于没有成功。王不庵说道："宁人身负沉痛，思大揭其亲之志于天下，奔走流离，老而无子。其幽隐莫发，数十年靡诉之衷，曾不得快然一吐，而使后起少年推以多闻博学，其辱已甚！安得不掉首故乡，甘于客死？"这是多么可痛的事呵！

先生的旅行，照例用两匹马换着骑，两匹骡驮着书跟在后面。到了险要的地方，便找些老兵退卒，问他们长短曲折。倘若和以前所耳闻的不合，便就近到茶坊里，打开书对勘。倘若经行平原、大野，没有可以留意的地方，便在马上嘿诵经书的注疏。又欢喜金石文字，凡走到名山、巨镇、祠庙、伽蓝的地方，便探寻古碑遗碣，拂拭玩读，钞录大要。他著作的资料，多从旅行时实地勘察得到，不是一般著作家闭门造车可以比得的。

清廷因纂修《明史》，特开博学鸿词科，朝中大臣屡欲推荐，先生都以死坚拒。有来求墓志碑铭的，先生谢却之，说道："文不关于经术政理之大，不足为也。韩文公起八代衰，若但作《原道》《谏佛骨表》《平淮西碑》《张中丞传》后诸篇，而一切谀墓之文不作，岂不诚山斗乎？今犹未也！"先生甥徐乾学兄弟，替先生买田置宅，屡次请先生归养，先生不肯。他的夫人死在昆山，亦只寄诗挽她。

清康熙二十一年（1682）正月初九日，卒于山西曲沃韩旬公家，年七十岁。无子，立侄衍生为嗣。从弟严，奉他的丧归葬昆山千墩地方。弟子潘耒，将他的遗书刊行。

三、亭林先生的著作

《日知录》三十二卷，《补遗》四卷　此为亭林一生精力所集注的著述。他自己说："平生之志与业皆在其中"（与《友人论门人书》）；又说："自少读书，有所得，辄记之。其有不合时，改定；或古人先我而有者，则遂削之。积三十余年，乃成一编。"可以见它的重要。大约，前七卷是论经义的；八至十二卷是论政事；十三卷论世风；十四、十五卷论礼制；十六、十七卷论科举；十八至二十一卷论艺文；二十二至二十四卷论名义；二十五卷论古事真妄；二十六卷论史法；二十七卷论注书；二十八卷论杂事；二十九卷论兵及外国事；三十卷论天象术数；三十一卷论地理；三十二卷杂考证。《四库全书总目提要》说道："亭林学有本原，博赡而能通贯。每一事必详其始末，参以证佐，而后笔之于书，故引据浩繁而牴牾者少；非如杨慎、焦竑诸人，偶然涉猎，得一义之异同，知其一而不知其二者。"黄汝成集释本最好。

《音学五书》三十八卷　此书凡分五部：一、《古音表》三卷；二、《易音》三卷；三、《诗本音》十卷；四、《唐韵正》二十卷；五、《音论》三卷。其《自序》说道："此道之亡，盖二千有余岁矣。炎武潜心有年，既得广韵之书，乃始发悟于中而旁通其说。于是，据唐人以正宋人之失，据古经以正沈氏、唐人之失……自是六经之文乃可读。"又《与人书二十五》说道："某自五十以后，于音学深有所得，为《五书》以续三百篇以来久绝之传。"可见这书也是他的得意之作。

《天下郡国利病书》一百二十卷　此书是取史书、实录、图经、说部、文编、邸抄凡有关于国计民生的，随读随录；并以游历时实地的观察斟酌损益，凡二十年得到的结果。规模极大只可惜没有成为定稿。

《肇域志》一百卷　这书是《利病书》的副产品，于考索利病之余，参合图经而成的。没有刻。

《金石文字记》六卷　亭林性好金石碑版的文字，到处搜访。说："在汉唐以前者，足与古经相参考；唐以后者，亦足与诸史相证明。"此书所录汉以后碑刻共三百余种；每种各缀跋语，述其本末、源流，辨其伪误，极为精核。

《求古录》　此书所录，上自汉《曹全碑》，下至明建文《霍山碑》五十六种，均为当时拓本、文集所没有的。所录都是全文，并加以注释、考证。

《石经考》一卷　《四库全书提要》说道："炎武此书博列众说，互相参校。其中，如据《卫恒书势》以为《三字石经》非邯郸淳所书；又据《周书·宣帝纪》《隋书·刘焯传》以正《经籍志》自邺载入长安之误，尤为发前人所未发。"

《左传杜解补正》三卷　这书是博考古代各种书籍，以补正杜预《集解》的阙失的。有张又南刻本。

《九经误字》一卷　这是根据《石经》及各种旧刻，以勘正监本及坊刻本的误字的。

《韵补正》一卷　这书取宋吴棫《韵补》，于古音叶读之舛误，今韵通用之乖方，各为别白注之，以见其得失。

《历代帝王宅京记》二十卷　此书所录为历代建都之制。前二卷为总论；后十八卷详载城郭宫室、都邑、寺观等建置的本末、事迹。征引考据，极为精博。

其他的书，有《五经同异》三卷，已刻；《唐宋韵补异同》，未刻；《昌平山水记》二卷，已刻；《营平二州史事》六卷，未刻；《营平二州地名记》一卷，已刻；《北平古今记》十卷，未刻；《建康古今记》十卷，未刻；《京东考古录》一卷，已刻；《山东考古录》一卷，已刻；《岱岳记》八卷，未刻；《万岁山考证》一卷，未刻；《海道经》，未刻；《官田始末考》一卷，未刻；《谲觚》一卷，已刻；《下学指南》一卷，未刻；《当务书》六卷，未刻；《菰中随笔》三卷，已刻；《救文格论》一卷，已刻；《亭林杂录》一卷，已刻；《经世篇》十二卷，未刻；《荐录》十五卷，未刻；《二十一史年表》十卷，未刻；《熹庙谅阴记》，未刻；《圣安纪事》二卷，已刻；《明季实录》，已刻；《十九陵图志》六卷，未刻；《顾氏谱系考》一卷，已刻；《亭林文集》六卷，已刻；《亭林诗集》五卷，已刻；《亭林余集》一卷，已刻；《亭林佚诗》一卷，已刻；《诗律蒙告》一卷，未刻。

四、亭林先生的思想

亭林先生是清代学风的开山祖师。我们看了上面所举的著作，可以见得他的研究方面和所以影响以后学术的一个大概。

他生在那学者"束书不观，游谈无根"的时代，眼见得那一班道学先生空谈明心见性，把明朝三百年的天下断送了，于是他首先起来反抗。他说道：

> 刘石乱华，本于清谈之流祸，人人知之。孰知今日之清谈，有甚于前代者？昔之清谈，谈老庄；今之清谈，谈孔孟。未得其精而已遗其粗；未究其本而先辞其末。不习六艺之文，不考百王之典，不综当代之务，举夫子论学论政之大端一切不问，而曰"一贯"曰"无言"，以"明心见性"之空言，代修己治人之实学。股肱惰而万事荒，爪牙亡而四国乱；神州荡覆，宗社丘墟。（《日知录》卷七《夫子之言性与天

13

道》)

又说：

> 以一人而易天下，其流风至于百余年之久者，古有之矣：王夷甫之清谈，王介甫之新说；其在今日，则王伯安之良知是也。孟子曰："天下之生久矣，一治一乱。"拨乱世反诸正，岂不在后贤乎？

他既认定了王派明心见性的学风，是"神州荡覆，宗社丘墟"的原因；于是，提出"经学即理学"一语，教学者反求诸古经。他说道：

> 愚独以为"理学"之名，自宋人始有之。古之所谓"理学"，经学也，非数十年不能通也；故曰："君子之于《春秋》，没身而已矣。"今之所谓"理学"，禅学也；不取之五经，而但资之语录，校诸帖括之文而尤易也……《论语》，圣人之语录也。舍圣人之语录而从事于后儒，此之谓不知本矣。（《与施愚山书》）

这就是清朝考证学的先声。

他以为学问只在日常行为极平实处，就是所以致用。他说道：

> 窃以为圣人之道，下学上达之方，其行在孝悌、忠信，其职在洒扫、应对、进退；其文在《诗》《书》《三礼》《周易》《春秋》；其用之身，在出处、辞受、取与；其施之天下，在政令、教化、刑法；其著之书，皆以为拨乱反正，移风易俗，而无益者不谈……其于世儒尽性至命之说，必归之

14

有物有则，五行五事之常，而不入空虚之论。

在这极端实用主义的学术观上面，他提出"博学于文"、"行己有耻"两个标准。说道：

> 愚所谓圣人之道者如之何？曰"博学于文"；曰"行己有耻"。自一身以至于天下国家，皆学之事也；自子臣弟友，以至出入往来辞受取予之间，皆有耻之事也。"耻之于人大矣"，"不耻恶衣恶食，而耻匹夫匹妇不被其泽。"（《与友人论学书》）

他把自一身以至于天下国家，都当作学问的事情，是前此空谈心性、学非所用的玄学的反动；也可以见得他所谓"文"并非辞章之谓，乃一切事物的条理。所以说道：

> 夫子之文章无非夫子之言行与天道，故曰"吾无隐乎尔；吾无行而不与二三子者"。（《日知录》七《夫子之言性与天道》）

因为他把文解作一切的事理，所以他对于天文、地理、河漕、兵工之事，莫不精究。他说道：

> 多闻则守之以约，多见则守之以卓；少闻则无约也，少见则无卓也。

> 不幸而在穷僻之域，无车马之资，犹当博学审问，古人与稽；以求是非之所在，庶几可得十之五六。若既不出户，又不读书，则是面墙之士，虽子羔原宪之贤，终无济于天下。（《答友人论学书》）

就是说，非博学多闻，决没有精卓的识见；不出门游历，又不博览群书，虽贤如子羔、原宪，还是没有用的。因为是这样，所以他"自少至老，未尝一日废书"（潘次耕《日知录序》）；所以他"足迹半天下，所至交其贤豪长者，考其山川、风俗、疾苦、利病，如指诸掌"（同上）。《四库全书提要》说："炎武学有本原，博赡而能贯通，每一事必详始末，参以佐证而后笔之于书，故引据浩繁而抵牾者少。"这就是他"博学于文"的结果了。

其次所谓"行己有耻"，无非是极为强烈的责任观念，就是所谓"不耻恶衣恶食而耻匹夫匹妇不被其泽"。他相信一切学问，所以促社会的改进，社会的改进，完全是学问家的天职。所以他说：

> 君子之为学也，非利己而已；有明道淑人之心，有拨乱反正之事。知天下之事，何流极而至于斯，则思起而极之。（《与潘次耕札》）

> 保国者，其君其臣，肉食者谋之；保天下者，匹夫之贱，与有责焉耳矣。
> 天生豪杰必有所任，如人主与其臣，授之官而与以职。今日者拯斯人于涂炭，为万世开太平，此吾辈之任也。（《病起与苏门当事书》）

"知天下之事何以流极而至于斯，则思起而拯之；今日者拯斯人于涂炭，为万世开太平，此吾辈之任也"。呵！这是何等伟大的精神！你看他一生奔走流离，到死方休，留遗着可歌可泣的面影给我们；我们在数百年后，还是闻风而思与起，不是这种责任观念的驱遣么？

上面是亭林先生的根本思想。

亭林先生的根本主张，既如上述，故其生平所发挥的学说，亦大抵在经世致用方面。他在政治上的思想，最注意于化民敦俗。他以为国家的盛衰兴亡，无不由于风俗；而风俗之成，往往由于在上者一念之微。他说道：

> 目击世趋，方知治乱之关，必在人心风俗；而所以转移人心，整顿风俗，则教化纪纲为不可缺矣。

> 夫以经术之治，节义之防，光武、明章数世为之而未足；毁方败常之俗，孟德一人变之而有余。后之人君，将树之风声，纳之轨物，以善俗而作人，不可不察乎此矣。（《日知录》卷十二《两汉风俗》）

> 呜呼！观哀、平之可以变而为东京；五代之可以变而为宋，则知天下无不可变之风俗也。（《日知录》卷十三《宋世风俗》）

至于所以敦俗之道，则在崇清议，劝名教，他说道：

> 后之为治者，宜何术之操？曰唯名可以胜之。名之所在，上之所庸，而忠信廉洁者顾荣于世；名之所去，上之所损，而佔侈贪得者废锢于家。即不无一二伪矫之徒，犹愈于肆然而为利者……汉人以名为治，故人材盛；今人以法为治，故人材衰。（《日知录》卷十三《名教》）

古之哲王所以正百辟者，既已制官刑，儆于有位矣；而又为之立间师，设乡校，存清议于州里，以佐刑罚之穷。移之郊遂，载在《礼经》；殊厥井疆，称于《毕命》。两汉以来，犹循此制。乡举里选，必先考其生平；一玷清议，终身不齿。君子有怀刑之惧，小人存耻格之风；教成于下而上不严，论定于乡而己不犯。（同上《清议》）

他关于行政上的设施，主张地方分权，宗法自治，欲寓封建之制于郡县之中。如言夫惟一乡之中，官之备而法之详，然后天下之治，若网之在纲，有条而不紊。（《日知录》卷八《乡亭之职》）"自古及今，小官多者其世盛；大官多者其世衰，兴亡之道罔不由此"。（同上）"人君之于天下，不能以独治也。独治之而刑繁矣；众治之而刑措矣。古之王者不忍以刑穷天下之民也，是故一家之中父兄治之，一族之中宗子治之；其有不善之萌，莫不自化于闺门之内。（《日知录》卷六《爱百姓故刑罚中》）与现代民主的精神相合。又其言宗法之要，说道：

民之所以不安，以其有贫有富。贫者至于不能自存，而富者常恐人之有求而多为吝啬之计，于是有争心矣。夫子有言："不患贫而患不均。"夫维收族之法行，而岁时有合族之恩，吉凶有通财之义……此所谓"均无贫者"，而财用有不足乎？（《日知录庶民安故财用足》）

他这种主张，我们可以称之为"宗法的社会主义"。这种宗法的社会主义，我相信是到社会主义之路中一个最切近而易行的方法。

他主张寓封建于郡县之中，即郡县官世袭及有一切用人设施之全权。他说道：

> 天下之人各怀其家，各私其子，其常情也。为天子、为百姓之心，必不如其自为，此在三代以上已然矣。圣人因而用之，用天下之私以成一人之公而天下治。夫使县令得私其百里之地，县之人民皆其子姓，县之土地皆其田畴，县之城郭皆其藩垣，县之食廪皆其囷窌。为子孙，必爱之而勿伤；为田畴，必治之而勿弃；为藩垣囷窌，则必缮之而勿损。自令言之，私也；自天子言之，所求乎治天下者，如是焉止矣。
> （《郡县论五》）

这种制度，在现在看来，虽然觉得可怪，但在当日，确是一个救时的良剂。

其次关于法制上的意见，他说道：

> 法制禁令，王者之所不废而非所以为治；其本在正人心，厚风俗而已。
>
> 夫法制繁，则巧猾之徒皆得以法为市，而虽有贤者不能自用，此国事之所以日非也。善乎杜元凯之解《左氏》！曰："法行，则人从法；法败，则法从人。"……前人立法之初，不能详究事势，预为变通之法；后人承其已弊，拘于旧章，不能更革，而复立一法以救之，于是法愈繁而弊愈多，天下之事日至于丛脞。其究也，眊而不行，上下相蒙，以为无失祖制而已。此莫甚于有明之世，如勾军行钞二事，立法以救法，而终不善者也。（《日知录》卷八《法制》）

使枚乘相如而习今日之经义，则必不能发其文章；使管
仲、孙武而读今日之科条，则必不能运其权略。故法令者，
败坏人材之具；以防奸宄，而得之者什三；以沮豪杰，而失
之者常什七矣。（《日知录》卷九《人材》）

这对于法制之流弊，真可谓一针见血之论。也因为他见
得徒法之不足为治，所以主张崇清议，励名教，为化民敦俗
的根本之图了。

上面所说，还不是亭林的重要方面。亭林先生在学术界
的地位，还在他创出各种治学方法，开出一个朴学的风气
来。他"经学即理学"的倡导，一方面把禅学化的理学推倒
了，一方面把纯正的经学复兴了。他在清代"所谓正统派的
学术里，无论哪一方面，无不有他发纵指示的功迹。最重要
的，如经学上之史的观念。他在《文集与人书四》上面说
道：

经学自有源流，自汉而六朝，而唐，而宋，必一一考
究，而后及于近儒之所著，然后可以知其异同离合之指。如
论字者必本于《说文》；未有据隶楷而论古文者也。

"自汉，而六朝，而唐，而宋，必一一考究，而后及于
近儒之所著"，这种时代关系的认清，是清代经学独辟蹊
径、迈越前代之所以。后来戴震标榜以宋儒的话还给宋儒，
以唐儒的话还给唐儒，把汉儒的话还给汉儒，就是这种史的
观念之引伸了。

清代学术的最大特色，在于科学方法的应用——就是归纳的研究。这种归纳的研究，虽然不始于亭林先生，但是到了亭林先生，才为确实的应用，才树之规模，成为风尚。例如唐明皇读《尚书·洪范》"无偏无颇，遵王之义"，觉得下文都协韵，惟有"颇"字与"义"不协，便下敕改为"陂"字。亭林先生举《易象·传》"鼎耳革，失其义也；覆公𫗧，信如何也，"和《礼记·表记》"仁者，右也，道者，左也；仁者，人也，道者，义也"，证明古人读"义"为"我"，"义"字正与"颇"字协韵；明皇改"颇"为"陂"，是改错了。又如举《诗》"泛彼柏舟，在彼中河；髧彼两髦，实惟我仪；之死矢靡他"与《易·渐·上九》"鸿渐于陆，其羽可用为仪"比较，证明古人读"仪"为"俄"，范谔昌改"陆"为"逵"，是改错了。举《易·离·九三》"日昃之离，不鼓缶而歌，则大耋之嗟"，与《小过·上六》"弗遇过之飞，鸟离之"比较，证明古人读"离"为"罗"；朱子谓"弗遇过之"当作"勿过遇之"，是错了。举《诗》"君子偕老，副笄六珈；委委佗佗，如山如河；象服是宜；子之不淑，云如之何"，与《楚辞·天问》"简狄在台，喾何宜；玄鸟致诒，女何嘉"比较，证明古人读"宜"为牛何反；后人改"嘉"为"喜"是错了。（见《文集》四《答李子德书》）又他的《诗本音》于"服"字下，举出本证十七条，旁证十五条；他的《唐韵正》于"服"字下，共举出一百六十二个证据。这种归纳的研究，就成为后来学者一个公同的倾向，为充分的应用。清代学术所以有这样光辉灿烂的结果，就是这个缘故了。

清代学术，自以经学为中坚；清代经学所以有那样大的成绩，是凭借了一种重要的工具——就是小学。小学，原只是经学上一个小小的附属品，因为清儒十分重视的结果，为最高度的发达，就附庸蔚为大观，成为一种独立的学科。小学里面尤以古音韵学的研究最为发达，其所成就和对于训诂学上的贡献也最大。

亭林先生首先认定了研究经文必先懂得字义；要懂得字义必先明白古人的音读。他说道：

> 故愚以为读九经，自考文始；考文，自知音始；以至诸子百家之书，亦莫不然。（《答李子德书》）

这实是一个探本之论。他的《音学五书》就是本着这种主张，为古音韵学开辟榛芜，建立基础的不朽之作。他古无轻唇音的发现，尤其是在古音韵学上一个破天荒的发现。

1926 年 8 月 25 日

目　录

上 编

郡县论一

知封建①之所以变而为郡县②，则知郡县之敝而将复变。然则将复变而为封建乎？曰：不能。有圣人起，寓封建之意于郡县之中，而天下治矣。盖自汉以下之人，莫不谓秦以孤立③而亡。不知秦之亡，不封建亡，封建亦亡；而封建之废，固自周衰之日④，而不自于秦也。封建之废，非一日之故也；虽圣人起，亦将变而为郡县。

方今郡县之敝已极，而无圣人出焉，尚一一仍其故事，此民生之所以日贫，中国之所以日弱，而益趋于乱也。何则？封建之失，其专在下；郡县之失，其专在上⑤。古之圣人，以公心待天下之人，胙⑥之土而分之国；今之君人者⑦，尽四海之内为我郡县，犹不足也，人人而疑之，事事而制之。科条文簿⑧日多于一日，而又设之监司⑨，设之督抚⑩，以为如此，守令⑪不得以残害其民矣。不知有司⑫之官，凛凛焉救过之不给，以得代为幸，而无肯为其民兴一日之利者，民乌得而不穷，国乌得而不弱？率⑬此不变，虽千百年，而吾知其与乱同事⑭，日甚一日者矣。

然则尊令长之秩⑮，而予之以生财治人之权，罢监司之任，设世官⑯之奖，行辟属⑰之法，所谓寓封建之意于郡县之中，而二千年以来之敝可以复振。后之君苟欲厚民生，强国势，则必用吾言矣。

----

①王者以爵土与人，曰"封建"。封建之制三代皆有之，至周益备。爵，分公、侯、伯、子、男五等。公侯地方百里，伯七十里，子男五十里。有关封建问题的深入研究请参考冯天瑜先生的《封建考论》一书。　②秦始皇既并六国，废封建制，分海内为三十六郡，是为郡县政治之始。　③孤立：言其不封建诸侯以为屏藩。　④春秋战国时，诸侯互相兼并，天子不能制，固已无封建之实。　⑤在下：指诸侯；在上：指中央政府。⑥胙（zuò）：赐给。　⑦君人者：犹言为人之君者。⑧科条：法令条规。文簿：公文案牍。　⑨监司：亦曰"宪司"，为监察州郡之官。宋置转运使，监察各路，始有"监司"之称。明按察使以按察为职，故亦谓之监司。清则通称司道为监司，以监督府县为其专职。　⑩督：即总督，为明清两代外省统辖文武最高之官。抚：即巡抚，为外省行政长官。　⑪守：太守，为一府之行政长官。令：邑令，亦称知县，为一县之行政长官。　⑫古代设官分职，事各有其专司，故谓之"有司"。⑬率：沿袭，遵循。　⑭言与乱人共事。　⑮秩：官职之品级。　⑯世官：世袭其官。　⑰辟属：直接委任属吏。

郡县论二

其说曰：改知县为五品官，正其名曰县令。任是职者，必用千里以内习其风土①之人。其初曰试令。三年，称职，为真。又三年，称职，封父母。又三年，称职，玺书②劳问。又三年，称职，进阶益禄③，任之终身。其老疾乞休者，举子若弟代。不举子若弟举他人者，听。既代去，处其县为祭酒④，禄之终身。所举之人，复为试令。三年，称职，为真，如上法。

每三四县若五六县为郡，郡设一太守。太守三年一代。诏遣御史巡方⑤，一年一代。其督抚司道悉罢。令以下设一丞⑥，吏部⑦选授。丞任九年以上，得补令。丞以下，曰簿⑧，曰尉⑨，曰博士⑩，曰驿丞⑪，曰司仓⑫，曰游徼⑬，曰啬夫⑭之属，备设之，毋裁。其人听令自择，报名于吏部，簿以下得用本邑人为之。

令有得罪于民者，小则流⑮，大则杀。其称职者，既家于县，则除其本籍。夫使天下之为县令者，不得迁又不得归，其身与县终，而子孙世世处焉。不职者流，贪以败官者杀。夫居则为县宰，去则为流人，赏则为世官，罚则为斩绞，岂有不勉而为良吏者哉？

----

①风土：犹云风俗。 ②天子之印章曰"玺"；玺书：盖诏敕之别称。 ③阶：官级。进阶益禄：即俗称升官发财。 ④祭酒：古时会同乡宴，必尊长先用祭酒以祭，故凡同列中以齿德相推者为祭酒。汉以后，又因以为官名。 ⑤巡方：巡察四方。 ⑥丞：佐贰官之称。 ⑦吏部：旧官制六部之一，掌中外文职铨叙勋阶黜陟之政。 ⑧簿：即主簿；掌诸簿目。 ⑨尉：典狱及捕盗之官。 ⑩博士：教授之官。 ⑪驿丞：司驿站之官。 ⑫司仓：主仓库之吏。唐制，在府，曰仓曹参军；在州，曰司仓参军；在县，曰司仓。 ⑬游徼（jiǎo）：秦汉时乡官，掌巡禁盗贼。 ⑭啬夫：秦制，乡置啬夫，职听讼、收赋税；汉、晋、刘宋皆因之，后废。 ⑮流：古代五刑之一，安置远方，终身不返。

郡县论三

何谓称职? 曰: 土地辟, 田野治, 树木蕃, 沟洫修, 城郭固, 仓廪实, 学校兴, 盗贼屏, 戎器完, 而其大者则人民乐业而已。

夫养民者, 如人家之畜五牸①然: 司马牛者一人, 司刍豆者复一人, 又使纪纲之仆②监之, 升斗之计必闻之于其主人, 而马牛之瘠也日甚。吾则不然。择一圉(yú)人之勤干者, 委之以马牛, 给之以牧地, 使其所出常浮③于所养, 而视其肥息④者赏之, 否则挞。然则其为主人者, 必乌氏⑤也, 必桥姚⑥也。故天下之患, 一圉人之足办, 而为是纷纷者也; 不信其圉人, 而用其监仆, 甚者并监仆又不信焉, 而主人之耳目乱矣。于是爱马牛之心, 常不胜其吝刍粟之计, 而畜产耗矣。故马以一圉人而肥, 民以一令而乐。

----

①牸(zhì): 雌性的(牲畜)。《齐民要术》: "牛马猪羊驴五畜之牸, 畜牸则速富之术也。" ②纪纲之仆: 为总管之仆人。 ③浮: 溢也, 过也。 ④息: 繁殖。 ⑤乌氏: 名倮, 秦人, 以畜牧为业, 至用谷量牛马。始皇令倮比封君, 以时与列臣朝请。 ⑥桥姓, 姚名, 亦畜牧家。《史记·货殖传》: "唯桥姚已致马千匹, 牛倍之, 羊万头, 粟以万钟计。"

郡县论四

或曰：无监司，令不已重乎①？子弟代，无乃专乎？千里以内之人，不私其亲故乎②？

夫吏职之所以多为亲故挠③者，以其远也。使并处一城之内，则虽欲挠之而有不可者。自汉以来，守乡郡者多矣。曲阜之令鲜以贪酷败者，非孔氏之子④独贤，其势然也。若以子弟得代而虑其专，蕞尔⑤之县，其能称兵以叛乎？上有太守，不能举旁县之兵以讨之乎？太守欲反，其五六县者，肯舍其可传子弟之官而从乱乎？不见播州⑥之杨，传八百年而以叛受戮乎？若曰无监司不可为治，南畿十四府四州，何以自达于六部⑦乎？且今之州县，官无定守，民无定奉，是以常有盗贼戎翟⑧之祸，至一州则一州破，至一县则一县残，不此之图而虑令长之擅，此之谓不知类也⑨。

----

①已：犹"太"也。言如不设监司，则邑令之权无乃太重乎？　②亲故：亲戚故旧。　③挠：扰也。《五代史》："为政不苟挠。"　④曲阜令由孔子子孙世袭，故云。
⑤蕞尔：小貌。　⑥播州：唐置，今贵州遵义。　⑦南畿十四府四州：由中央直辖，故云。六部，指户、吏、礼、兵、刑、工六部。　⑧戎：西方之外族。翟：与"狄"通，北方之外族。此泛指外寇。　⑨类：犹事也。

6

郡县论五

天下之人，各怀其家，各私其子，其常情也。为天子为百姓之心，必不如其自为，此在三代①以上已然矣。圣人者因而用之，用天下之私以成一人之公，而天下治。夫使县令得私其百里之地，则县之人民皆其子姓②，县之土地皆其田畴，县之城郭皆其藩垣，县之仓廪皆其困窌③。为子姓，则必爱之而勿伤；为田畴，则必治之而勿弃；为藩垣困窌，则必缮④之而勿损。自令言之，私也，自天子言之，所求乎治天下者，如是焉止矣。

一旦有不虞⑤之变，必不如刘渊⑥、石勒⑦、王仙芝⑧、黄巢⑨之辈，横行千里，如入无人之境也。于是有效死勿去之守，于是有合从缔交⑩之拒，非为天子也，为其私也。为其私，所以为天子也。故天下之私，天子之公也。公则说，信则人任焉。此三代之治可以庶几⑪，而况乎汉、唐之盛，不难致也。

----

①三代：指夏、商、周。 ②子姓：犹言"子孙"。
③困（qūn）：廪之圆者。窌（jiào）：同"窖"。皆积贮之所。
④缮：修补。 ⑤虞：料度；不虞："意外"。 ⑥刘渊：

7

五胡前汉之主，匈奴种。南匈奴自汉以后，入居塞内，冒姓刘氏，家于汾晋之间，魏分其众为五部。刘渊于晋初为左部帅，会八王乱起，遂自为汉王，又五年称帝。晋五胡乱华，自刘渊始。 ⑦石勒：五胡后赵之主，羯种。初为群盗，归刘渊，渊使将兵，陷中国州郡甚众；乃据襄国（今河北），叛前赵称王，旋称帝。 ⑧王仙芝：唐濮州人。僖宗初，作乱，黄巢应之，数月间众至数万，连下曹、濮诸地，进寇荆南，为招讨使曾元裕所败，遂死。 ⑨黄巢：唐曹州人。僖宗时，王仙芝为乱，巢起兵应之。王仙芝败死，黄巢率众攻掠河南、江西、福建、浙东、宣歙、广南诸州，乘势取洛阳，陷长安，遂称齐帝。李克用讨破之。 ⑩合从：即"合纵"，南北之国联盟也；此泛称互相联合。缔交：犹言结交。 ⑪庶几：犹言几及。

郡县论六

今天下之患，莫大乎贫。用吾之说，则五年而小康，十年而大富。且以马言之：天下驿递往来，以及州县上计①京师，白事司府，迎候上官，递送文书，及庶人在官所用之马，一岁无虑百万匹，其行无虑万万里。今则十减六七，而西北之马骡不可胜用矣。以文册言之：一事必报数衙门，往复驳勘必数次，以及迎候、生辰、拜贺之用，其纸料之费索诸民者，岁不下巨万。今则十减七八，而东南之竹箭②不可胜用矣。他物之称③是者，不可悉数。

且使为令者得以省耕敛④，教树⑤畜，而田功之获，果蓏⑥之收，六畜之孳，材木之茂，五年之中必当倍益；从是而山泽之利亦可开也。夫采矿之役，自元以前，岁以为常。先朝⑦所以闭之而不发者，以其召乱也。譬之有窖金焉，发于五达之衢⑧，则市人聚而争之；发于堂室之内，则唯主人有之，门外者不得而争也。今有矿焉，天子开之，是发金于五达之衢也；县令开之，是发金于堂室之内也。利尽山泽而不取诸民，故曰此富国之策也。

----

①上计：进呈一岁中之簿计。　②箭：竹之小者。

③称：犹当也；谓他物之费用与此相当者。　　④省：视察。敛：收获。　　⑤树：种植树木。　　⑥木实曰"果"；草实曰"蓏"。　　⑦先朝：指明朝。　　⑧衢：四达道也。

郡县论七

　　法之敝也，莫甚乎以东州之饷而给西边之兵，以南郡之粮而济北方之驿。今则一切归于其县，量其冲僻①，衡其繁简，使一县之用，常宽然有余。又留一县之官之禄，亦必使之溢于常数，而其余者然后定为解京之类。

　　其先必则壤定赋②，取田之上中下列为三等或五等，其所入悉委县令收之。其解京，曰贡③，曰赋；其非时之办，则于额赋④支销，若尽一县之入用之而犹不足，然后以他县之赋益之，名为协济。此则天子之财，不可以为常额。然而行此十年，必无尽一县之入用之而犹不足者也。

----

①冲：冲要；僻：偏僻。　　②则：等也；则壤定赋：谓分地之等差以定租赋之多少。　　③贡：亦赋也。《孟子》："夏后氏五十而贡"。　　④额赋：有定额之经常赋税。

11

郡县论八

善乎叶正则①之言曰："今天下官无封建，而吏有封建。"州县之敝，吏胥窟穴②其中，父以是传之子，兄以是传之弟。而其尤桀黠者，则进而为院司之书吏，以掣州县之权。上之人，明知其为天下之大害而不能去也。使官皆千里以内之人，习其民事，而又终其身任之，则上下辨而民志定矣，文法③除而吏事简矣。官之力足以御吏而有余，吏无所以把持其官而自循其法。昔人所谓养百万虎狼于民间者，将一旦而尽去。治天下之愉快，孰过于此！

----

①叶正则：名适，宋人。官司业，忤韩侂胄，坐贬，杜门著述。学者称水心先生。　②胥：吏之掌案牍者。窟穴：犹言蟠据。　③文法：谓法律规则之属。

郡县论九

取士之制，其荐之也，略用古人乡举里选之意；其试之也，略用唐人身、言、书、判之法①。县举贤能之士，间岁②一人试于部，上者为郎③，无定员。郎之高第④，得出而补令。次者为丞，于其近郡用之。又次者归其本县，署为簿尉之属。而学校之设，听令与其邑之士自聘之，谓之师，不谓之官，不隶名于吏部。而在京，则公卿以上，仿汉人三府辟召⑤之法，参而用之。夫天下之士，有道德而不愿仕者，则为人师；有学术才能而思自见于世者，其县令得而举之，三府得而辟之；其亦可以无失士矣。

或曰：间岁一人，功名之路无乃狭乎？化天下之士使之不竞于功名，王治之大者也。且颜渊不仕⑥，闵子辞官⑦，漆雕未能⑧，曾皙异撰⑨，亦何必于功名哉？

----

①《新唐书·选举志》下："凡择人之法有四：一曰身，体貌丰伟；二曰言，言辞辩证；三曰书，楷法遒（qiú）美；四曰判，文理优长。四事皆可取，则先德行；德均以才；才均以劳。" ②间岁：隔一岁。 ③秦汉郎官，本直宿卫；其后任曹务者，亦称"尚书郎"。唐始于诸司皆置郎中，而贰以员外

郎；历代因之，迄于明清。　　④凡举官，选士，成绩优异者皆曰"高第"。　　⑤《文献通考》："安帝元初六年，诏三府选掾属，高第能惠利牧养者五人。"　　⑥颜渊：名回，字子渊，孔子弟子。鲁人。一箪食，一瓢饮，在陋巷，不改其乐。⑦闵子：名损，字子骞，亦孔子弟子。　　⑧漆雕：名开，字子开，亦孔子弟子。　　⑨曾皙：名点，曾子之父，亦孔子弟子。撰：言其所志异于子路、冉求、公西华之在从政。此指所言不同，志趣不同。

广　师

　　苕文汪子刻集①，有《与人论师道书》，谓："当世未尝无可师之人，其经学修明者，吾得二人焉，曰顾子宁人，李子天生②。其内行淳备者，吾得二人焉，曰魏子环极③，梁子曰缉④。"炎武自揣鄙劣，不足以当过情⑤之誉，而同学之士，有苕文所未知者，不可以遗也，辄⑥就所见评之。

　　夫学究天人⑦，确乎不拔，吾不如王寅旭⑧；读书为己，探赜洞微⑨，吾不如杨雪臣⑩；独精《三礼》⑪，卓然经师⑫，吾不如张稷若⑬；萧然物外⑭，自得天机⑮，吾不如傅青主⑯；坚苦力学，无师而成，吾不如李中孚⑰；险阻备尝，与时屈伸⑱，吾不如路安卿⑲；博闻强记，群书之府，吾不如吴任臣⑳；文章尔雅，宅心和厚，吾不如朱锡鬯㉑；好学不倦，笃于朋友，吾不如王山史㉒；精心六书㉓，信而好古，吾不如张力臣㉔。

　　至于达而在位，其可称述者，亦多有之，然非布衣㉕之所得议也。

----

　　①苕文汪子：名琬，苕文其字。晚居尧峰，因以自号。清初长洲人。康熙中举博学鸿词，授编修，与修《明史》。与时魏禧、侯方域并称古文三大家，而汪琬尤醇正。有《钝翁前后类

稿》《尧峰诗文钞》。　②李子天生：名因笃，一字子德。富平（今属陕西）人。其学以朱熹为宗，工诗，尤精音训，有《受祺堂集》《汉诗音注》。　③魏子环极：名象枢，顺治进士，官至刑部尚书。尝言："大臣之谊，在以人事君。"故于君子小人进退消长之际，争之尤力，为清初直臣之冠。　④梁子曰缉：名熙，号哲次，鄢陵（今属河南）人。仕至御史。性澹泊宁静。作文必合古人矩度。　⑤情：实也；谓誉过其实。《论语》："声闻过情，君子耻之。"　⑥辄：犹"即"也。⑦天：天象；人：人事。此指研究天文历算。　⑧王寅旭：名锡阐，号晓庵。吴江人。精通天文历算之学，著有《晓庵新法》。　⑨赜（zé）：精微，深奥。⑩杨雪臣：名瑀。武进人。著有《飞楼集》二百卷。　⑪《周礼》《仪礼》《礼记》，谓之"三礼"。　⑫经师：传授经学之师。　⑬张稷若：名尔岐，济阳人。明季诸生。入清隐居教授，不求闻达，著有《仪礼郑注句读》《仪礼考注订误》等书。　⑭萧然物外：谓萧然出于尘俗之外。　⑮天机：造化的奥秘。　⑯傅青主：名山，阳曲（今山西太原）人。隐于黄冠。康熙中，征举鸿博，坚卧不试。⑰李中孚：名颙，号二曲。周至人。刻苦独学，经史百家无不通览。晚年讲学富平，关学自张横渠后，至是复盛。　⑱与时屈伸：犹言与俗浮沉。　⑲路安卿：名泽溥。曲周（今属河北）人。　⑳吴任臣：名志伊。仁和（今浙江杭州）人。淹贯经史，兼精天官、乐律、奇任之术，著有《周礼大义》《托山诗文集》等。　㉑朱锡鬯：名彝尊，号竹垞。秀水人。肆力古学，无书不览；诗文既胜，金石考证之学亦精。

著有《曝书亭集》《经义考》。　　㉒王山史：名宏撰，字无异。华阴人。工书能文，精金石之学，著有《易图象述》《华山志》《砥斋集》。　　㉓六书：一曰指事；二曰象形；三曰形声；四曰会意；五曰转注；六曰假借。　　㉔张力臣：名弨，山阳人。贫而嗜古，喜集金石文字。　　㉕布衣：此指平民。

初刻《日知录》自序

　　炎武所著《日知录》，因友人多欲抄写，患不能给，遂于上章阉茂①之岁，刻此八卷。历今六七年，老而益进，始悔向日学之不博，见之不卓，其中疏漏往往而有，而其书已行于世，不可掩。渐次增改，得二十余卷，欲更刻之，而犹未敢自以为定，故先以旧本质之同志。盖天下之理无穷，而君子之志于道也，不成章②不达。故昔日之得，不足以为矜，后日之成，不容以自限。若其所欲明学术，正人心，拨乱世以兴太平之事，则有不尽于是刻者。须绝笔之后，藏之名山，以待抚世宰物者③之求。其无以是刻之陋而弃之，则幸甚！

----

①上章阉茂：即庚戌。此为太岁纪年。　　②《论语》："吾党之小子狂简，斐然成章。"谓文理成就，斐然可观。③抚世宰物者：谓王者。《庄子》："以此进而为抚世，则功大名显而天下一也。"《史记》："宰制万物，役使群动。"

18

《金石文字记》序

余自少时，即好访求古人金石①之文，而犹不甚解。及读欧阳公《集古录》②，乃知其事多与史书相证明，可以阐幽表微③，补阙正误，不但词翰之工而已。比④二十年间，周游天下，所至名山巨镇、祠庙伽蓝⑤之迹，无不寻求，登危峰，探窈窫⑥，扪⑦落石，履荒榛，伐颓垣，畚朽壤，其可读者必手自钞录，得一文为前人所未见者，辄喜而不寐。一二先达⑧之士，知余好古，出其所蓄，以至兰台⑨之坠文，天禄⑩之逸字，旁搜博讨⑪，夜以继日。遂乃抉剔⑫史传，发挥经典，颇有欧阳、赵氏⑬二录⑭之所未具者，积为一帙⑮，序之以贻后人。

夫《祈招》之诗，诵于右尹⑯，孔悝⑰之鼎，传之《戴记》⑱，皆尼父所未收，六经之阙事⑲，莫不增高五岳，助广百川。今此区区亦同斯指⑳。恨生晚不逢㉑，名门旧家大半凋落，又以布衣之贱，出无仆马，往往怀毫㉒舐墨，踯躅㉓于山林猿鸟之间，而田父伧㉔丁，鲜能识字，其或褊于闻见，窘于日力，而山高水深，为登涉之所不及者。即所至之地，亦岂无挂漏㉕？又望后人之同此好者，继我而录之也。

----

①金：谓钟鼎之属；石：谓碑碣之属。　②欧阳公：即宋欧阳修。《集古录》，集录金石之文，各为跋尾，凡四百余篇，共十卷。　③阐：显也，明也。表：亦明也。　④比：犹近也。　⑤伽蓝：梵语佛寺，其义为"众比丘之园"。
⑥窈：幽邃。　⑦扪：摸。　⑧先达：前辈。　⑨兰台：汉藏秘书之官观。　⑩天禄：汉殿阁名，为刘向、扬雄校书之所。　⑪讨：寻究。　⑫抉：摘取而出之；剔：挑选。
⑬赵氏：名明诚，字德父，宋诸城人，历官湖州军州事。尝以所藏三代彝器及汉唐以来石刻，仿欧阳修《集古录》例，成《金石录》三十卷。　⑭二录：即《集古录》与《金石录》。
⑮帙：盛书之函。　⑯《祈招》：周祭公谋父所作诗。诗曰："祈招之愔愔，式昭德音；思我王度，式如玉，式如金，形民之力而无醉饱之心。"右尹：楚右尹之官，子华也。　⑰孔悝：春秋时卫大夫。　⑱《戴记》：指《礼记》。汉戴德、戴圣同受礼于后苍，戴德删《礼记》为八十五篇，号《大戴礼》；戴圣又删为四十九篇，号《小戴礼》。　⑲尼父：即孔子。六经：指《诗》《书》《易》《春秋》《礼》《乐》。　⑳指：意向。　㉑不逢：犹不遇。　㉒毫：笔也。　㉓踯躅：行不进。　㉔伧：鄙贱之称。　㉕挂：谓登记。挂漏：记此而遗彼。

《钞书》自序

炎武之先家海上，世为儒。自先高祖①为给事中②，当正德③之末。其时天下惟王府官司及建宁④书坊乃有刻板，其流布于人间者，不过《四书》⑤《五经》⑥《通鉴》⑦《性理》⑧诸书。他书即有刻者，非好古之家不蓄，而寒家⑨已有书六七千卷。嘉靖间，家道中落，而其书尚无恙。

先曾祖继起为行人⑩，使岭表⑪，而倭阑入江东⑫，郡邑所藏之书与其室庐俱焚，无孑遗焉。洎⑬万历初，而先曾祖历官至兵部侍郎，中间莅方镇三四，清介之操，虽一钱不以取诸官，而性独嗜书，往往出俸购之。及晚年而所得之书过于其旧，然绝无国初以前之板。而先曾祖每言："余所蓄书，求有其字而已，牙签⑭锦轴⑮之工，非所好也。"

其书后析而为四。炎武嗣祖⑯太学公，为侍郎公仲子，又益好读书，增而多之。以至炎武，复有五六千卷。自罹⑰变故，转徙无常，而散亡者什之六七，其失多出于意外。二十年来，赢縢⑱担囊，以游四方，又多别有所得，合诸先世所传，尚不下二三千卷。其书以选择之善，较之旧日，虽少其半，犹为过之。而汉、唐碑亦得八九十通⑲，又钞写之本别贮二簏，称为多且博矣。

自少为帖括⑳之学者二十年，已而学为诗、古文，以其间纂记故事。年至四十，斐然欲有所作。又十余年，读书日以益多，而后悔其向者立言之非也。自炎武之先人，皆通经学古，亦往往为诗文。本生祖赞善公㉑文集至数百篇，而未有著书以传于世者。昔时尝以问诸先祖㉒。先祖曰："著书不如抄书。凡今人之学，必不及古人也。今人所见之书之博，必不及古人也。小子勉之，惟读书而已！"

先祖书法盖逼唐人，性豪迈不群。然自言少时日课钞古书数纸，今散亡之余犹数十帙，他学士家所未有也。自炎武十一岁，即授之以温公《资治通鉴》，曰："世人多习《纲目》㉓，余所不取。凡作书者，莫病乎其以前人之书改窜而为自作也。班孟坚㉔之改《史记》，必不如《史记》也；宋景文㉕之改《旧唐书》㉖，必不如《旧唐书》也；朱子之改《通鉴》，必不如《通鉴》也。至于今代，而著书之人几满天下，则有盗前人之书而为自作者矣。故得明人书百卷，不若得宋人书一卷也。"

炎武之游四方十有八年，未尝干人。有贤主人以书相示者则留；或手抄，或募人抄之。子㉗不云乎："多见而识之。知之，次也㉘。"今年至都下㉙，从孙思仁先生得《春秋纂例》㉚《春秋权衡》㉛《汉上易传》㉜等书，清苑㉝陈祺公资以薪米纸笔，写之以归。愚尝有所议于《左氏》㉞，及读《权衡》，则已先言之矣。念先祖之见背，已二十有七年，而言犹在耳，乃泫然㉟书之，以贻诸同学李天生。天生，今通经之士，其学盖自为人而进乎为己㊱者也。

----

①先高祖：名济，字舟卿，正德进士。　②给事中：官名。明时分吏、户、礼、兵、刑、工六科，掌侍从规谏，及纠察六部之弊误。　③正德：明武宗年号。　④建宁：原福建省府名，今废，其旧治在今建瓯县。　⑤《四书》：指《大学》《中庸》《论语》《孟子》。　⑥《五经》：指《易》《书》《诗》《礼记》《左氏春秋》。　⑦《通鉴》：即《资治通鉴》，宋司马光撰，凡三百九十四卷。　⑧《性理》：指宋儒言性命理气之书。　⑨寒家：寒贱之家，谦词。　⑩行人：官名，掌朝觐聘问之事。　⑪岭表：犹言"岭南"。　⑫旧称日本人为"倭"。嘉靖三十三年，倭寇犯江浙。　⑬泊：到、至。　⑭牙签：藏书之标题以备检查者。　⑮锦轴：锦地之卷轴。古书皆用卷，卷端有杆，故亦谓之轴。　⑯炎武嗣祖：名绍芾，国子生。生同吉，早卒，聘王氏，未婚守节，以亭林为之后。　⑰罹：遭遇。　⑱赢：裹也。縢：缠腿。⑲文书首尾完全者，曰"通"。　⑳帖括：科举应试文。㉑赞善公：名绍芳，字实甫，章志子，万历进士，官春坊左赞善。工诗，朱彝尊称其颇近孟襄阳、高苏州，有《实庵集》。㉒先祖：谓嗣祖绍芾。　㉓《纲目》：即《通鉴纲目》。朱熹因司马光《通鉴》而作《纲目》，仿《春秋》之例，以纲为经，以目为传，凡五十九卷。　㉔班孟坚：名固，东汉安陵人。明帝时典校秘书。续成父彪之《前汉书》。　㉕宋景文：名祁，字子京，宋雍丘人。修《唐书》十余年，出入以稿自随。累官至

工部尚书，卒谥景文。　　㉖《旧唐书》：后晋刘昫等奉敕撰；共二百卷，与《新唐书》互有短长。　　㉗子：孔子。　　㉘见《论语·述而》篇。　　㉙都下：京师。　　㉚《春秋纂例》：唐陆淳撰，十七卷。　　㉛《春秋权衡》：宋刘敞撰，十七卷。㉜《汉上易传》：宋朱震撰，十七卷。　　㉝清苑：河北县名。㉞《左氏》：指《左传》。　　㉟泫然：流涕貌。　　㊱《论语》："古之学者为己，今之学者为人。"孔注："为己，履道而行之；为人，徒能言之也。"

《广宋遗民录》序

子曰："有朋自远方来，不亦乐乎！"①古之人，学焉而有所得，未尝不求同志之人，而况当沧海横流②，风雨如晦③之日乎？于此之时，其随世以就功名者固不足道；而亦岂无一二少知自好之士，然且改行于中道，而失身于暮年④，于是士之求其友也益难。而或一方不可得，则求之数千里之外；今人不可得，则慨想于千载以上之人。苟有一言一行之有合于吾者，从而追慕之，思为之传其姓氏而笔之书。呜呼，其心良亦苦矣！

吴江朱君明德，与仆同郡人，相去不过百余里，而未尝一面。今朱君之年六十有二矣，而仆又过之五龄；一在寒江荒草之滨，一在绝障重关之外，而皆患乎无朋。朱君乃采辑旧闻，得程克勤⑤所为《宋遗民录》，而广之至四百余人，以书来问序于余。殆所谓一方不得其人，而求之数千里之外者也。其于宋之遗民，有一言一行或其姓氏之留于一二名人之集者，尽举而笔之书，所谓今人不可得，而慨想于千载以上之人者也。

余既鲜闻，且耄矣，不能为之订正。然而窃有疑焉：自生民以来，所尊莫如孔子，而《论语》《礼记》皆出于孔氏之传；

25

然而互乡之童子，不保其往也⑥；伯高之赴，所知而已；孟懿子⑦、叶公⑧之徒，问答而已；食于少施氏而饱⑨，取其一节而已。今诸系姓氏于一二名人之集者，岂无一日之交而不终其节者乎？或邂逅⑩相遇而道不同者乎？固未必其人之皆可述也。然而朱君犹且眷眷⑪于诸人，而并号之为遗民，夫亦以求友之难而托思于此⑫欤？

庄生⑬有言："子不闻越之流人乎？去国数日，见其所知而喜；去国旬月，见所尝见于国中者喜；及期年也，见似人者而喜矣。"余尝游览于山之东西、河之南北二十余年，而其人益以不似。及问之大江以南，昔时所称魁梧丈夫者，亦且改形换骨，学为不似之人⑭。而朱君乃为此书，以存人类于天下。若朱君者，将不得为遗民矣乎？因书以答之。吾老矣，将以训后之人，冀人道之犹未绝也。

----

①见《论语·学而》。　②沧海横流：喻世变。　③风雨如晦：语出《诗·风雨》，比喻社会黑暗。　④失身：指变节仕清室者。　⑤程克勤：名敏政，字克勤，安徽休宁人，明成化进士，官至礼部右侍郎。学问赅博，为一时冠。　⑥《论语·述而》："互乡难与言，童子见，门人惑。子曰：'人洁己以进，与其洁也，不保其往也。'"《郑注》："往，去也。人虚己自洁而来，当与之进，亦焉能保其去后之行。"　⑦孟懿子：春秋鲁国大夫。　⑧叶公：楚叶县公沈诸梁。　⑨《礼记》："孔子曰：吾食少施氏而饱。少施氏食吾以礼，吾祭作而

辞曰：蔬食也，何敢以伤吾子之性。" ⑩邂逅：不期而遇。
⑪眷眷：心向往貌。 ⑫此句谓托崇尚气节之思于此诸人。
⑬庄生：即庄子，名周，战国蒙人。 ⑭此句言昔之所称有气
节者亦且变志而甘为贰臣。

《莱州任氏族谱》序

予读《唐书》韦云起①之疏曰："山东人自作门户②，更相谈荐，附下罔上③。"袁术之答张沛曰④："山东人但求禄利；见危授命⑤，则旷代无人。"窃⑥怪其当日之风，即已异于汉时，而历数近世人材，如琅邪⑦、北海⑧、东莱⑨，皆汉以来大儒⑩所生之地，今且千有余年，而无一学者见称于时，何古今之殊绝也？至其官于此者，则无不变色咋舌⑪，称以为难治之国，谓其齐民之俗有三：一曰逋⑫税，二曰劫杀，三曰讦⑬奏。而余往来山东者十余年，则见夫巨室⑭之日以微，而世族⑮之日以散，货贿⑯之日以乏，科名之日以衰，而人心之日以浇⑰且伪，盗诬其主人而奴讦其长，日趋于祸败而莫知其所终。乃余顷至东莱，主⑱赵氏、任氏，入其门，而堂轩几榻无改于其旧；与之言，而出于经术⑲节义者，无变其初心；问其恒产，而亦皆支撑以不至于颓落。余于是欣然有见故人之乐，而叹夫士之能自树立者，固不为习俗之所移。

任君唐臣，因出其家谱一编，属余为之序。其文自尊祖睦族，以至于急赋税、均力役，谆谆言之，岂不超出于山东之敝俗者乎？子不云乎："得见有恒者，斯可矣。"⑳恒者，久也，天下之久而不变者，莫若君臣父子，故为之赋税以输

28

之，力役以奉之，此田宅之所以可久也。非其有不取，非其力不食，此货财之所以可久也。为下不乱，在丑夷不争㉑，不叛亲，不侮贤，此邻里宗族之所以可久也。夫然，故名节以之而立，学问以之而成，忠义之人、经术之士出乎其中矣。不明乎此，于是乎饮食之事也而至于讼，讼不已而至于师㉒，小而舞文㉓，大而弄兵，岂非今日山东之大戒？而若任君者，为之深忧过计，而欲倡其教于一族之人，即亦不敢讳其从前之失，而为之丁宁㉔以著于谱。昔召穆公思周德之不类㉕，故纠合宗族于成周㉖，而作诗曰："凡今之人，莫如兄弟。"㉗任君其师此意矣。

余行天下，见好谝者必贫，好讼者必负，少陵长，小加大㉘，则不旋踵㉙而祸随之。故推任君之意，以告山东之人，使有警焉，或可以止横流而息燎原也。

----

①韦云起：唐雍州万年人，仕高祖为遂州都督，为窦轨所害。　②自作门户：谓树立朋党。　③谈荐：举荐。罔上：蒙蔽君主。　④袁术：当为袁谊。袁谊，武则天时任苏州刺吏。张沛：唐张文权子，清河人。　⑤见《旧唐书·袁朗传》。授命：犹言捐躯。　⑥窃：私下，私自。　⑦琅邪：亦作瑯琊，秦置郡名；今山东临沂。　⑧北海：郡名，汉置；山东旧青州府东部，莱州府西部之地。　⑨东莱：亦汉置郡名，在山东莱州。　⑩此句指孟喜、梁丘贺、费直、夏侯胜、孔安国、申公等。　⑪咋：啮也。咋舌：惊惧悔恨之状。

⑫逋：逃。　　⑬讦：揭人隐私。　　⑭巨室：世家大族。
⑮世族：犹言"世家"。　　⑯货贿：财帛。　　⑰浇：刻薄。
⑱主：以为居停。　　⑲经术：经学。　　⑳见《论语·述
而》。　　㉑丑夷：犹言"等类"。　　㉒《易·序卦》："需
者，饮食之道也。饮食必有讼，故受之以讼。讼必有众起，故受
之以师。"　　㉓舞文：以文字相攻讦。　　㉔丁宁：再三告
语。　　㉕召穆公：名虎，周卿士。类：善也。　　㉖成周：周
时洛邑之称；战国后改称洛阳。　　㉗此诗谓凡今天下之人欲致
强盛，莫如兄弟之相亲。　　㉘加：侵凌。　　㉙旋踵：犹言转
足之间，形容极其迅速。

《三朝①纪事阙文》序

臣祖父某，盖古所谓隐君子也。年五十一而始抱臣炎武为孙。臣幼而多病，六岁，臣母于闺中授之《大学》。七岁就《外傅》，九岁读《周易》。自臣母授臣《大学》之年，而东方兵起，白气亘天。明年三月，覆军杀将。及臣读《周易》，为天启之初元，而辽阳陷②，奢崇明、安邦彦③并反。其明年，广宁陷，山东白莲教④妖民作乱。一日，臣祖指庭中草根谓臣曰："尔他日得食此幸矣！"遂命之读古兵家⑤《孙子》⑥《吴子》⑦诸书，及《左传》《国语》⑧《战国策》⑨《史记》。年十一，授以《资治通鉴》。

已而三畔⑩平，人心亦稍定。而臣祖故所与往来老人谓臣祖曰："此儿颇慧，何不令习帖括，乃为是阔远⑪者乎？"于是令习科举文字。已，遂得为诸生⑫，读《诗》《尚书》《春秋》。而先帝即位，天下翕然⑬，以为中兴更化⑭之主，无复向时危迫之意。及臣益长，从四方之士征逐⑮为名。臣祖年益老，更日以科名望臣。又当先帝颁《孝经》⑯《小学》⑰厘正文字之日，臣乃独好五经及宋人性理书，而臣祖乃更诲之，以为士当求实学，凡天文、地理、兵农、水土及一代典章之故不可不熟究。而臣有妻，又有四方征逐之事，不能日在膝下，臣祖亦不复朝夕课督如异时矣。

臣祖生于饶州官舍，随臣曾祖之⑱官广西、山东、南京，一切典故悉谙，而当日门户与攻门户之人，两党之魁皆与之游。臣祖年七十余矣，足不出户，然犹日夜念庙堂⑲不置。阅邸报⑳，辄手录成帙。而草野之人独无党，所与游之两党者，非其中表㉑，则其故人，而初不以党故相善。然因是两喜两怒之言，无一不入于耳，而具晓其中曲折，亦时时为臣言一二。固问，则又曰："汝习经生㉒言，此非所急也。"

臣祖老尚康强，而臣少年好游，往往从诸文士赋诗饮酒，不知古人爱日㉓之义，而又果以为书生无与国家之故，失请于趋庭㉔之日，而臣祖弃臣以没。已而两京沦覆㉕，一身奔亡。比年以来，独居无事，始出其籰中臣祖所手录，皆细字草书，一纸至二千余字。而自万历四十八年七月，至崇祯七年九月，共二十五帙，中间失天启二年正月至五年六月，而其后则臣祖老不能书，略取邸报标识其要。然吴中报比之京师，仅得十五，亦无全抄。而臣祖所标识者，兵火之余，又十失其一二。

臣伏念国史未成，记注㉖不存，为海内臣子所痛心。而臣祖二十年抄录之勤，不忍令其漫灭，以负先人之志。于是旁搜断烂之文，采而补之，书其大略，其不得者则阙之，名曰《三朝纪事阙文》。非敢比于成书，以备遗忘而已。世之君子尚怜其志而助之见闻，以卒先人之绪㉗，其文武之道㉘实赖之，而臣祖之遗书亦得以不朽矣。

32

①三朝：指明神宗（万历）、熹宗（天启）、思宗（崇祯）三朝。　　②辽阳：今属辽宁省。是年清太祖取沈阳，定都辽阳。③奢崇明：明末四川永宁土司。天启元年起兵，进围成都，国号大梁。安邦彦：世居贵州水西，时其兄子位为宣抚司，邦彦挟之叛应奢崇明，自称罗甸大王。朱燮元讨平之。　　④白莲教：一种秘密教派，源出晋沙门慧远之白莲社。明天启时，蓟州人王森始谓之白莲教。森被捕死，其党徐鸿儒等踵行之，声势益张。　　⑤兵家：古九流之一，谓用兵之道者。　　⑥《孙子》：周孙武所撰，一卷，共十三篇。　　⑦《吴子》：周吴起撰，一卷，六篇。　　⑧《国语》：周左丘明作；分国纪事，为史之一体；凡三十一卷。⑨《战国策》：又简称《国策》，为先秦诸人所记战国时事，汉刘向集之。　　⑩畔：同"叛"；三畔：即指上奢崇明、安邦彦与白莲教之叛乱。　　⑪阔远：谓不切用。　　⑫诸生：亦称"生员"，科举时入学者也。　　⑬翕然：和同一致之貌。　　⑭更化：犹言革新。　　⑮征逐：朋友间互相征召往来。　　⑯《孝经》：相传孔子为曾子陈孝道而作，凡十八章。　　⑰《小学》：亦书名，宋朱熹等所撰，凡六卷。　　⑱之：往也。　　⑲庙堂：朝廷。⑳邸报：政府之官报。　　㉑父之姊妹之子、母之兄弟姊妹之子，互称中表。　　㉒经生：究心于经学之儒生。　　㉓爱日：子女事父母之日。　　㉔趋庭：谓子承父教。　　㉕北京、南京先后为清军所陷。　　㉖注：亦记也。如《起居注》《古今注》。

㉗绪：事业。　　㉘《论语》："子贡曰：文武之道，未坠于地，在人。贤者识其大者，不贤者识其小者。"

拽梯郎君祠记

忠臣义士，性也，非慕其名而为之。名者，国家之所以报忠臣义士也。报之而不得其名，于是姑以其事名之，以为后之忠臣义士者劝，而若人之心何慕焉，何恨焉！平原君朱建之子骂单于而死①，而史不著其名；田横之二客自刭以从其主②，而史并忘其姓。录其名者而遗其晦者，非所以为劝也。谓忠义而必名，名而后出于忠义，又非所以为情也。

余过昌黎③，其东门有拽梯郎君祠，云："方东兵④之入遵化⑤，薄⑥京师，下永平⑦而攻昌黎也，俘掠人民以万计，驱使之如牛马。是时昌黎知县左应选与其士民婴城固守⑧，而敌攻东门甚急。是人者，为敌舁云梯⑨至城下，登者数人，将上矣，乃拽而覆之，其帅碟⑩诸城下。积六日不拔，引兵退，城得以全。事闻，天子立擢昌黎知县为山东按察司，佥事丞以下迁职有差。又四年，武陵杨公嗣昌⑪以巡抚至，始具疏上请，邑之士大夫皆蒙褒叙；民兵死者三十六人，立祠祀之。而杨公曰："是拽梯者，虽不知何人，亦百夫之特⑫。"乃请旨封为拽梯郎君，为之立祠。

呜呼！吾见今日亡城覆军之下，其被俘者，虽以贵介⑬之子，弦诵之士，且为之刈薪刍，拾马矢，不堪其苦而死于道路者何限也！而郎君独以其事著。吾又闻奢寅⑭之攻成都也，一铳手在贼梯上，得间向城中言曰："我良民也，贼以铁索系我守梯，我仰天发铳，未尝向官军也。今夜贼饮必醉，可来救我。"官军如其言，夜出斫营，火其梯，贼无得脱者，而铳手死矣。若然，忠臣义士岂非本于天性者乎？

郎君之祠且二十余年，而幸得无毁，不为之记，无以传后。张生庄临，亲其事者也，故以其言书之。

----

①朱建：汉楚人，以谏止淮南王黥布反，封平原君。文帝时自到，乃召其子拜为中大夫。使匈奴，单于无礼，骂单于，遂死匈奴中。　②田横：战国时故齐王族，韩信虏齐王广，田横自立为王。汉高帝既立，田横与其徒属五百余人，入居海岛中。帝使人召之，田横因与二客乘传诣洛阳，未至三十里自杀。帝拜其二客为都尉，以王礼葬田横。既葬，二客皆自到；余五百人在海中者，闻田横死，亦皆自杀。　③昌黎：县名，属河北。④东兵：指关外的后金兵。　⑤遵化：县名，在河北。⑥薄：犹迫也。　⑦永平：县名，在河北。　⑧此句指闭城而守。　⑨舁（yú）：共同用手抬。云梯：攻城之高梯。⑩磔（zhé）：分裂肢体之刑。　⑪杨公嗣昌：字文弱，万历进士，崇祯时，累拜兵部右侍郎，总督宣大山西军务。后闻洛阳陷，福王遇害，不食而死。　⑫特：谓才能出众者。　⑬《左传》："王子闻寡君之贵介弟也。"注："介，大也。"　⑭奢寅：即奢崇明之子，熹宗时与其父同作乱。

复庵记

旧中涓①范君养民，以崇祯十七年夏，自京师徒步入华山为黄冠②。数年，始克结庐于西峰之左，名曰复庵。华下之贤士大夫多与之游，环山之人皆信而礼之。

而范君固非方士③者流也。幼而读书，好《楚辞》④，诸子及经史多所涉猎，为东宫⑤伴读。方李自成⑥之挟东宫二王⑦以出也，范君知其必且西奔，于是弃其家，走之关中⑧，将尽厥职焉。乃东宫不知所之，而范君为黄冠矣。

太华之山⑨，悬崖之巅，有松可荫，有地可蔬，有泉可汲，不税于官，不隶于宫观之籍。华下之人或助之材，以创是庵而居之。有屋三楹，东向以迎日出。余尝一宿其庵，开户而望，大河⑩之东，雷首⑪之山，苍然突兀，伯夷、叔齐⑫之所采薇而饿者，若揖让乎其间，固范君之所慕而为之者也。自是而东，则汾⑬之一曲，绵上之山⑭，出没于云烟之表，如将见之。介之推⑮之从晋公子⑯，既反国而隐焉，又范君之所有志而不遂者也。又自是而东，太行⑰、碣石⑱之间，宫阙山陵⑲之所在，去之茫茫，而极望之不可见矣。相与泫然⑳！

作此记，留之山中。后之君子登斯山者，无忘范君之志也。

----

①中涓：宫廷内侍之官。后为宦官的别称。　②黄冠：即道士。唐李淳风父播，弃官为道士，号"黄冠子"，后人因通称道士为"黄冠"。　③方士：从事求仙、烧丹、禁祝、祈禳等方术之士也。　④汉刘向集屈原宋玉诸赋，谓之《楚辞》。⑤东宫：太子居东宫，因以"东宫"表太子。　⑥李自成：明米脂人。崇祯初从其舅马贼高迎祥为裨将。迎祥死，众推为闯王，其势遂盛，扰晋豫湖广蜀陕诸省，所至皆破，遂陷京师；吴三桂引清兵破之，自缢死。　⑦二王：福王、唐王。　⑧关中：即陕西省。《关中记》："东自函关，西至陇关，二关之间谓之'关中'。"　⑨华山因其西有少华山，故又名太华山。⑩大河：即黄河。　⑪雷首：山名，在山西永济县南。凡有九名：即雷首山、首阳山、首山、独头山、襄山、尧山、薄山、中条山、陑山。　⑫伯夷、叔齐：孤竹君之二子。其父将死，遗命立叔齐。父卒，叔齐逊伯夷，伯夷曰："父命也。"遂逃去；叔齐亦不立而逃。周武王伐商，夷齐叩马而谏；及胜商有天下，夷齐耻食周粟，隐于首阳山，采薇而食，遂饿死。　⑬汾：即汾河，在山西省境。　⑭绵山，又名介山，在今山西沁源、灵石、介休三县之界。绵上：即绵山附近地。　⑮介之推：春秋时人。从晋文公出亡，凡十九年。文公还国为君，禄赐不及；之推与母隐于绵山。公求之不得，焚山，之推竟死。　⑯晋公子：即晋文公，名重耳，为春秋时五霸之一。　⑰太行山，亦名五行山，其主峰在山西晋城南。　⑱碣石：山名，在河北昌黎县境。　⑲山陵：天子冢也。　⑳泫然：流泪的样子。

山阳王君墓志铭

　　往余在吴中，常郁郁无所交。出门至于淮上①，临河不度，徬徨者久之，因与其地之贤人长者相结，而王君起田最与余善，自此一二年或三四年一过也。

　　王君与余同年月生，而长余二十余日，其行事虽不同而意相得。凡余心之所存，及其是非好恶无不同者。虽不学古而暗合于义，仁而爱人，乐善不倦，其天性然也。生八岁而孤，事母孝，事其兄恭，其居财也有让。少为帖括之学，及中年，遂闭户不试。家颇饶，每受人之负，折券不较②，以是其产稍落。而四方宾客至者，未尝不与之周旋。

　　当余在太原，而余友潘力田③死于杭，系累④其妻子以北，少弟耒⑤，年十八，子身走燕都⑥，介余一苍头⑦以见王君。王君曰："我固闻之。宁人尝与我言，潘君力田，贤士也，不幸以非命终。而宁人之友之弟，则犹之吾弟也。"迎而舍之。比其归也，则曰："家破矣，可奈何？吾有女年且笄⑧，将婿子。"间二年，耒遂就昏。王君与耒非素识也，特以宁人之友故，而余在远，弗及为之从臾⑨也。

　　每为余言："子行游天下二十年，年渐衰，可已矣，幸过我卜筑。一切居处器用，能为君办之。"逡巡⑩未果。而别君之日，持觞送我大河之北，留一宿，视余上马，为之出涕，若将不复见者。乃明年余遂有山东之厄，而海、岱⑪以南地大震，君亦为里中儿所龃龉⑫，意不自得。又明年六月庚午，君卒。惟君生平以朋友为天伦⑬，其待余如昆弟。而余以穷厄塞连⑭，无能申大义⑮于诈愚凌弱之日者。以十九年之交，再三之约，而不获与之分宅卜邻⑯，同晨共夕；其终也，又不获视其含殓，而抚其遗孤。吁，可悲矣！

君讳略，字起田，淮安山阳人，家清江浦之南，卒时年五十七。娶方氏，子一，宽。将以卒之某年某月某日，葬于某地之先茔⑰，而子婿末以状，及宽书来，是不可以无铭。铭曰：

少而孝，长而恭。好礼而敦，乐善而从⑱。为义勇而与人忠⑲。胡天不吊⑳，而降此鞠㉑凶！士绝弦㉒，人罢舂。以斯铭，告无穷㉓。

----

①淮上：淮水之上。淮水为古四渎之一，跨河南、安徽、江苏三省境。　②折券：撕毁债券。不较：不予计较。　③潘力田：名柽章，一字圣木，明诸生。肆力于学，综贯百家。专精史事，与友吴炎共撰《明史记》；未成，因乌程庄氏明史案被杀。④系累：拘囚。　⑤潘耒（lěi）：字次耕，号稼堂。工诗文辞，兼长史学，旁及音韵、历法、算数、宗乘、道藏。著有《类音》《遂初堂诗文集》。　⑥孑：单也。燕都：即北京。⑦苍头：奴仆。介余一苍头：谓由余之一奴仆介绍。

⑧笄（jī）：古代女子年十五即盘发插笄，表示成年。　⑨从臾：诱劝他人行事。　⑩逡巡：徘徊。　⑪据《禹贡》，青、徐二州之域皆称"海岱"，谓在东海与泰山之间。　⑫齮齕（yǐ hé）：排挤倾陷。　⑬《谷梁传》："兄弟，天伦也。"谓兄先弟后，天然之伦次。　⑭蹇连：谓行路之艰难。　⑮大义：犹言正义，正道。　⑯卜邻：择邻。　⑰先茔：先人之葬地。　⑱从：重也。　⑲《论语》："与人谋而不忠乎？"⑳吊：悯也。　㉑鞠：多也。　㉒绝弦：谓辍弦诵之声。㉓告无穷：告之无穷之后世。

常熟陈君墓志铭

崇祯十七年，余在吴门①，闻京师之报②，人心凶惧，余乃奉母避之常熟之语濂泾，依水为固，与陈君鼎和隔垣而居。陈君视余年长以倍，于县中耆旧名德，以及田赋水利一切民生利病无不通晓。乃未一岁，而戎马驰突，吴中诸县并起义兵自守，与之抗衡，而余以母在，独屏居水乡不出。自六月至于闰月，无夜不与君露坐水边树下，仰视月食，遥闻火炮。从容谓余曰："吾年六十有六矣，不幸遭此大变，不能效徐生绝脰③之节，将从众剪发。念余年无几，当实之于棺，与我俱葬耳。"

徐生者，名怿，君之同学诸生，全发自经者也。无何，城破，余母不食以终。余始出入戎行④，犹从君寓居水滨。五年而君以疾捐馆⑤，二子相继不禄⑥，贫不克葬，余亦流转外邦。又二十五年，而其孙芳绩以书来曰：将以十二月庚申，举其两世六丧，葬于所居之西双凤乡吴塘里，而乞一言以铭诸幽⑦。按状：

君讳梅，字鼎和，别字明怀。其先宋季自衢州徙常熟。父讳应选，早世，君方八岁。母许氏年二十有八，闭户辟纑⑧，教之力学，以至成立，为诸生。少以通经著闻，中年旁览诸子及医药卜筮种树之书，课其家人。耕舍旁地数十亩，以糊其口，不婴心于名利，未老而休。然里中凡有徭役争讼之事，君未尝不为之调剂，或片言立解。当天启之末，县之豪宦纵其仆干⑨鱼肉⑩乡民，而独于君之居里无所及，至今民间有不平之事，辄相向太息，以为陈君在，当不令我至此也。

君孝友睦姻，内行⑪备至，与人和厚，能忍询⑫不争，题其居曰守拙之门。而谓芳绩曰："吾穷老无所恨，惟母节未旌⑬，奄遭国变⑭，以此为终天之痛⑮。"又曰："士不幸而际此，当长为农夫以没世⑯。一经之外，或习医卜，慎无仕宦。"嗟乎，可谓贤矣！余出游四方，尝本其说以告今之人，谓生子不能读书，宁为商贾百工技艺食力之流而不可求仕，犹之生女不得嫁名门旧族，宁为卖菜佣妇，而不可为目挑心招，不择老少之伦。而滔滔者天下皆是，求一人焉如陈君与之论心述古而不可得。盖三十年之间，而世道弥衰，品弥下，使君而及见此，其将嗷⑰然而哭，如许子伯之悲世者矣！

君年七十有一，配苏氏，有妇德，能佐君周施，先君数月卒。子四：汝珣、汝瑜、汝琳，先后并卒。有孙七人，而芳绩居长，以训蒙自给。铭曰：

以君之好施，而终窭且贫；以君之行仁，而二十余年不克归其窆⑱。惟厥孙之穷约兮，犹足以无负于九原⑲。我铭其幽，视后之人。

42

----

①吴门：犹言"吴中"，即江苏苏州。　②此句指京师被陷之报。　③脰：颈项。　④戎行：军队。　⑤捐馆：死也。《史记》："今幸奉阳君捐馆舍。"谓死后相弃一切。"捐馆"之称本此。　⑥不禄：亦谓死。谓不终其禄。　⑦幽：谓地下。　⑧练麻曰"纻"；织之曰"辟"。　⑨干：值事人。　⑩鱼肉：谓侵夺陵践。鱼肉任人宰割，因以喻之。⑪内行：谓闺门内之操行。　⑫诟：与"诟"同，耻辱。⑬旌：表也，谓特为表识以褒扬之。　⑭奄：忽也，遽也。国变：谓朝代改变。　⑮此句谓悲痛之怀永终此世。　⑯没世：犹言"终身"。　⑰嗷：哀声。　⑱窀（zhūn）：墓穴。⑲晋卿大夫墓地在九原，后世因谓墓为"九原"。

从叔父穆庵府君行状

呜呼！叔父之年五十有九，而实少炎武二岁，以其年之相近，故居止游习无不同也。自崇祯之中年，先王考①寿七十余无恙。而叔父既免丧，天下嗷嗷②方用兵，而江东晏然无事。以是余与叔父洎同县归生③，入则读书作文，出则登山临水，闲以觞咏，弥日竟夕。

近属之中，惟叔父最密，叔父亦豪宕④喜交游，里中宾朋多会其宅。而又多材艺，好方书，能诊视人病，与人和易可亲，人无不爱且敬者。已而先王考捐馆，余累焉在疚⑤，而阅⑥侮日至，一切维持调解，惟叔父是赖。而叔父以不问生产之故，家亦稍稍落。南渡之元⑦，相与赴南京，寓朝天宫，即先兵部侍郎公之祠而共拜焉，亦竟不能有以自树。而戎马内入，邑居残破，昔日酌酒赋诗之地，俄为刍牧之场矣。

余既先奉母避之常熟之语濂泾，而叔父亦移县之千炖浦上，居于墓左，相去八十余里，时一拿⑧舟相过，悲歌慷慨如前日也。叔父不多作诗，而好吟诗，归生与余无时不作诗，其往来又益密。如是者又十年，而叛奴事起，余几不自脱，遂杖马箠⑨跳⑩之山东、河北。而叔父独居故里，常郁

44

郁无聊，子姓⑪不才，所遇多拂⑫意者。

叔父，弱人也，又孤立莫助，内愤懑而无所发。逋赋日积，久无以偿。余既为宵人⑬所持，不敢遽归，而叔父年老，望之弥切，贻书相责，以为一别十有八年，尔其忘我乎？炎武奉书而泣，终不敢归，而叔父竟以昭阳赤奋若⑭之春二月甲寅，弃我而逝。呜呼痛哉！惟人生之聚散，家道之盛衰，与国运之存亡，有冥冥者主之矣，余又何言！乃挥涕而为之状。

叔父讳兰服，字国馨，别号穆庵，崇祯时为太仓州学诸生。有子一人，名岩。

----

①王考：亡祖。　②嗷嗷：哀声嘈杂。　③归生：名庄，一名祚明，字元恭，明诸生，工文辞书画。与亭林友，有"归奇顾怪"之目。　④宕：与"荡"通。豪宕：意气横佚。
⑤累：失志之貌。在疚：居丧。　⑥阋（xì）：相怨争。
⑦南渡之元：谓福王在南京即位之年。　⑧拏：牵引。
⑨杖：挂也。马箠：击马鞭子。杖马箠：示无所携持。
⑩跳：与"逃"通。　⑪子姓：犹言子孙。　⑫拂：犹逆也。　⑬宵人：即小人。　⑭昭阳赤奋若：即癸丑。此为太岁纪年。

先妣王硕人行状

呜呼！自不孝炎武幼时，而吾母授以《小学》，读至王蠋①忠臣烈女之言，未尝不三复也。《柏舟》之节②纪于《诗》，首阳之仁③载于《传》，合是二者而为一人，有诸乎？于古未之闻也，而吾母实蹈之。此不孝所以藁葬④而不葬，将有待而后葬者也。

忽焉二载，日月有时。念二年以来，诸父昆弟之死焉者，姻戚朋友之死焉者，长于我而死焉者，少于我而死焉者，不可胜数也；不孝而死，是终无葬日也。矧又独子，此不孝所以踟蹰⑤二年，而遂欲苟且以葬者也。

古人有雨不克葬者，有日食而止柩就道右者，今之为雨与日食也大矣⑥。《春秋》嫁女不书葬，而特葬宋共姬⑦，贤之也。吾母之贤如此，而不克特葬，又于不可以葬之时而苟且以葬，此不孝所以痛心擗踊⑧，而亟欲请仁人义士之文，以锡⑨吾母于九泉者也。

先妣姓王氏，辽东行太仆寺少卿讳宇之孙女，太学生讳述之女。年十七而吾父亡，归于我，教谕沈君应奎为之记。又一年而先曾王母封淑人孙氏卒，又十年而先王父之犹子文学公生炎武，抱以为嗣，县人张君大复为之传。其记曰：

46

贞孝王氏者，昆山儒生顾同吉未婚妻也。年将笄，嫁有日矣。父上舍⑩述，为治装，装多从俗鲜华。氏私白其母曰："儿慕古少君⑪孟光⑫之为人，焉用此？"父为去华就质者十之五。已而顾生病，寻卒。氏不食数日，衣素告父母曰："儿愿一奠顾郎，归乃食。"父母知不可夺，为治奠挈氏往。氏拜顾生柩，呜咽弗哭。奠已，入拜太姑淑人、姑李氏，请依居焉。谓父上舍曰："为我谢母，儿不归矣！"父为之敛容不能语。舅绍芾者，名士，晓大义。泣谓氏曰："多新妇，卒念存吾儿；然未讲伉俪⑬，安忍遂妇吾子⑭？"氏曰："闻之礼：信，妇德也。曩已请期，妾身为顾氏人矣，去此安往？"自是依太姑与姑，朝夕一室，送迎不逾阈⑮，数岁不一归省。父上舍病亟待诀⑯，旦日一往哭，即夕反。

其《传》曰：

贞孝自小严整如成人，父母爱之。而顾生故独子，早有文。王与顾为同年家，因许女与之。无何，生年十八，夭。父母意甚傍徨⑰，欲未令贞孝知，而贞孝已窃闻之。亟脱步摇⑱，衣白布浣衣，色意大怆，婉婉至父母前，不言亦不啼，若促驾而行者。父母初甚难，而念女至性不可夺，使姬告其翁姑。翁姑悲怆不胜，洒扫如迎妇礼，然不敢言去留也。贞孝既至，面生柩，拜而不哭，敛容见翁姑，有终焉⑲之色。而姑李氏，故以德闻，拭泪谓贞孝曰："妇岂圣耶，奈何以吾儿累新妇？"贞孝闻姑称新妇，泪簌簌下，交于颐。早晚跪奠生柩前，闲视姑眠食，而自屏处一室，亲戚遣姬候视，辄谢之。

有女冠⑳持梵行㉑甚严，请见贞孝。贞孝不与见，曰："吾义不见门以外人。"自是率婢子挫针操作以为常，时遣讯父母安否而已。其他婉淑之行，世莫得闻。

久之，翁诣金陵，而姑适病，且悴㉒。贞孝左右服勤，汤糜茗碗，视色以进。姑意大怜，而贞孝弥连昼夜不少怠。一日，煮药进姑。姑强视贞孝言曰："新妇何瘦之甚？盍少休乎！"贞孝多为好语慰藉，既进药而病立间㉓。姑谓婢子曰："吾曩者尤独子，天且夺之，而与吾新妇，吾固当一子，不得两耳。"欹枕执贞孝手，而贞孝若不欲露其指者。侦之，则已断一小指，和药煮之，姑之病所以立瘳者也。诸婢子亦莫得见，相传语，惊且泣。贞孝止之曰："姑受命于天，宜老寿，而婢子何得妄言阴骘事耶？"姑既病起，亦绝不言贞孝断指事，独姑之兄李箕者窃闻之云。

贞孝既侍翁姑十二年，而翁姑始为其子定嗣㉔，贞孝抚之如己生。

此二先生之言云，而不孝不敢溢㉕一辞者也。又二年，而知县陈君祖苞拜其庐。又三年，先王母李氏卒，丧之如礼。又十六年，而巡按御史祁君彪佳㉖表其门。又二年，母年五十有一，而巡按御史王君一鹗奏旌其门曰贞孝，下礼部。礼部尚书姜公逢元㉗奏如章，八月辛巳上；其甲申，制㉘曰可。于是三吴㉙之人，其耆旧隐德及能文奇伟之士，上与先王父交，下与炎武游者，莫不牵羊持酒，踵门称贺，谓史策所纪，罕有此事。盖其时炎武已齿㉚文会，知名且十年矣。而先王父年七十有四，祖孙母子，怡怡一门之内，徼㉛天子之恩，以为荣也。

而天下兵方起，而江东大饥。又五年，先王父卒。其冬，合葬先王父先王母于尚书浦之赐茔，如礼。而家事日益落。又三年，而先皇帝升遐㉜。又一年，而兵入南京。其时炎武奉母侨居常熟之语濂泾，介两县之间。而七月乙卯，昆山陷；癸亥，常熟陷。吾母闻之，遂不食，绝粒者十有五日。至己卯晦而吾母卒。八月庚辰朔，大敛，又明日而兵至矣。呜呼痛哉！遗言曰："我虽妇人，身受国恩，与国俱亡，义也。汝无为异国臣子，无负世世国恩，无忘先祖遗训，则吾可以瞑于地下。"呜呼痛哉！

初，吾母为妇十有七年，家事并王母操之。吾母居别室中，昼则纺绩，夜观书至二更乃息。次日平明起，栉纵问安以为常。尤好观《史记》《通鉴》及本朝政纪诸书，而于刘文成㉝、方忠烈、于忠肃㉞诸人事，自炎武十数岁时即举以教。及王母亡，董家事，大小皆有法。有使女曹氏，相随至老，亦终身不嫁。有食田五十亩，岁所入，悉以散之三族㉟，无私蓄。

先妣生于万历十四年六月二十六日，卒于弘光㊱元年七月三十日，享年六十。其年十二月丁酉，不孝炎武奉柩藁葬于先考之墓旁。呜呼痛哉！王孙贾之立齐王子也，而其母㊲安。王陵之事汉王也，而其母安㊳。若不孝者，何以安吾母？而犹然有觍于斯人之中，将于天崩地坼之日，而卜葬桥山之未成㊴，而马鬣㊵之先封也。此不孝所以痛心擗踊，而号诸当世之仁人义士者也。

今将以隆武㊶三年十月丁亥，合葬于先考之兆㊷，在先曾王考兵部右侍郎公赐茔之东六步五尺。伏念先妣之节之烈，可以不辱仁人义士之笔，而不孝又将以仁人义士之成其志而益自奋，以无忘属纩㊸之言，则仁人义士之铭之也，锡类㊹之宏，而作忠㊺之至者也，不惟一人一家之褒己也。

不孝顾炎武泣血谨状。

----

①王蠋（zhú）：战国齐画邑人。燕初破齐，乐毅闻蠋贤，令军环画邑三十里无入，备礼请蠋，蠋谢不往；燕人劫之，遂自尽。　②卫太子共伯早死，其妻共姜守义，父母欲夺而嫁之，共姜作《柏舟》之诗以自誓。　③首阳：即首阳山，伯夷叔齐饿死处。　④藁：草也。藁葬：言草草安葬。　⑤踟蹰：犹豫。　⑥此句谓其灾变更大于雨与日食也。　⑦此句谓特书宋共姬之葬。　⑧拊心曰擗，顿足曰踊，亲丧哀痛貌。　⑨锡：赐也。　⑩上舍：太学生之最优等者。宋制：初入学者为外舍；由外舍升内舍；由内舍升上舍。　⑪少君：姓桓，东汉鲍宣妻。初归宣，装送资贿甚盛，宣不悦，少君乃悉归资御服饰；与宣共挽鹿车归乡里，拜姑毕，提瓮出汲，修行妇道。　⑫孟光：后汉梁鸿妻，字德耀。与鸿隐居霸陵山中，荆钗布裙，耕织以供衣食。每进食，举案齐眉。所在敬而慕之。　⑬讲：读如"媾"，犹"婚"也，谓尚未婚为伉俪。伉俪，指夫妇。

⑭遂妇吾子：谓遂以为吾子之妇。　⑮阈：门限。　⑯亟：急也。诀：诀别。　⑰徬徨：徘徊不安之貌。　⑱步摇：古妇人首饰之一种：以金银丝宛转屈曲作花枝，插髻后，随步辄摇，故名。　⑲终焉：谓久留而不去。　⑳女冠：本谓女道士；世称尼姑。　㉑梵行：佛门之规行。　㉒悴：谓危殆。　㉓间：病少瘥也。　㉔定嗣：指定继嗣之人。　㉕溢：增益。　㉖祁彪佳：字弘吉，天启进士，累官右佥都御史，巡抚江南。明亡，绝食死。　㉗姜逢元：字仲纫，余姚人，万历进士，崇祯初累官礼部尚书。　㉘天子之言曰"制"。

㉙三吴：指苏州、常州、湖州。　㉚齿：犹列也。　㉛微：与"邀"通，叨受也。　㉜先皇帝：指崇祯帝。天子崩曰"升遐"。　㉝刘文成：字伯温，青田人，元末进士；佐明太祖成帝业，封诚意伯，正德中追谥文成。著有《郁离子》等书。

㉞于忠肃：名谦，字廷益，饶塘人，永乐进士。也先逼京师，于谦身自督战却之，论功加少保。性忠孝，不避嫌怨，卒以被诬弃市。万历中谥忠肃。有《于忠肃集》。　㉟三族：指父族、母族、妻族。　㊱弘光：福王年号。　㊲王孙贾：战国齐人。年十五，事闵王，王出走，失王之处，其母曰："汝朝出而暮归，则吾倚门而望。汝暮出而不归，则吾倚闾而望汝今事王，王出汝不知处，尚何归？"贾乃入市中曰："淖齿乱齐国，杀闵王，欲与我诛者，袒右。"市人从者四百人，遂诛淖齿。　㊳王陵：沛人，始为县豪，高祖起沛，陵以兵属之。项羽得陵母，置军中，陵使至，羽使陵母招陵。母私送使者泣曰："为老妾语陵：善事汉王，无以老妾故怀二心也。"乃伏剑死。　㊴《史记·

封禅书》："北巡朔方，还祭黄帝冢桥山……或对曰：'黄帝已仙，上天，掌臣葬其衣冠。'"桥山未成，盖谓明帝之死而未葬。　　㊵鬣：马领毛。马鬣：谓坟墓封土若马鬣也。　　㊶隆武：明唐王年号。清顺治二年，福王被执，唐王立于福州。㊷兆：坟地。　　㊸纩：新帛，质轻，人将死，置口鼻上以为候；故今称濒死曰"属纩"。　　㊹《诗》："孝子不匮，永锡尔类。"谓行孝之至，能延及旁人。　　㊺《礼》："君子不以口誉人，则民作忠。"

吴同初行状

自余所及见里中二三十年来号为文人者，无不以浮名苟得①为务。而余与同邑归生，独喜为古文辞，砥行②立节，落落③不苟于世，人以为狂。已而又得吴生，吴生少余两人七岁，以贫客嘉定④。于书自《左氏》⑤下至《南北史》⑥，无不纤悉强记。其所为诗多怨声，近《西州》⑦《子夜》⑧诸歌曲。而炎武有叔兰服，少两人二岁；姊子徐履忱，少吴生九岁。五人各能饮三四斗。五月之朔，四人者持觥⑨至余舍为母寿。退而饮，至夜半，抵掌而谈，乐甚。旦日⑩，别去。余遂出赴杨公⑪之辟，未旬日而北兵渡江。余从军于苏，归而昆山起义兵，归生与焉，寻亦竟得脱，而吴生死矣，余母亦不食卒。

其九月，余始过吴生之居而问焉，则其母方茕茕⑫独坐，告余曰："吴氏五世单传，未亡人⑬惟一子一女。女被俘，子死矣；有孙二岁，亦死矣。"余既痛吴生之交，又念四人者持觥以寿吾母，而吾今以衰绖⑭见吴生之母于悲哀其子之时，于是不知涕泪之横集也。

生名其沆，字同初，嘉定县学生员。世本儒家，生尤夙惠⑮，下笔数千言，试辄第一；风流自喜，其天性也。每言及君父之际及交友然诺⑯，则断然不渝⑰。北京之变，作《大行皇帝》《大行皇后》⑱二诔，见称于时。与余三人，每一文出，更相写录。北兵至后，遗余书及记事一篇，又从余叔处得诗二首，皆激烈悲切，有古人之遗风。然后知闺情诸作，其寄兴之文，而生之可重者不在此也。

生居昆山，当抗敌时，守城不出以死，死者四万人，莫知尸处。以生平日忧国不忘君，义形于文若此，其死岂顾问哉⑲？

生事母孝，每夜归，必为母言所与往来者为谁，某某最厚。死后，炎武尝三过其居；无已⑳，则遣仆夫视焉。母见之，未尝不涕泣，又几其子之不死而复还也。然生实死矣！

生所为文最多，在其妇翁处，不肯传，传其写录在余两人处者，凡二卷。

----

①苟得：谓不当得而得。　②砥：磨石；砥行：谓磨练其操行。　③落落：独行不徇俗貌。　④嘉定：今属上海。⑤《左氏》：即《左传》。　⑥《南史》八十卷，起宋尽陈，一百七十年。《北史》一百卷，起魏尽隋，二百四十二年。唐李延寿撰。　⑦《西州》：古曲名；有"忆梅下西州，折梅寄江北"之句。　⑧《子夜》：曲名。《唐书·礼乐志》："子夜歌者，晋曲也。晋有女子名子夜，造此声。"　⑨觥：盛酒器，以兕牛角为之。　⑩旦日：犹言明日。　⑪杨公：名永言。　⑫茕茕：忧思。　⑬未亡人：妇人丧夫者自称之辞。

⑭衰：同"缞"，以麻布佩于胸前，三年之丧用之。绖：丧服所用麻在首在腰皆曰"绖"。时亭林丧母，故云。　⑮惠：与"慧"通。　⑯然诺：许诺。　⑰渝：变。　⑱大行皇帝、大行皇后，指明崇祯帝及周皇后。行，读去声。谥法："大行受大名，小行受小名"，帝后初丧时，未有定谥，称之为"大行"，言其有大德行，必受大名。　⑲此句言其必死，不须顾问。　⑳无已：犹言遇不得已时。

书吴潘二子事

　　先朝之史，皆天子之大臣与侍从之官承命为之，而世莫得见。其藏书之所，曰皇史宬①，每一帝崩，修实录，则请前一朝之书出之，以相对勘，非是莫得见者。人间所传，止有《太祖实录》，国初人朴厚，不敢言朝廷事，而史学因以废失。正德以后，始有纂为一书，附于野史者②，大抵草泽③之所闻，与事实绝远，而反行于世。世之不见实录者，从而信之。万历中，天子荡然无讳，于是实录稍稍传写流布。至于光宗，而十六朝之事俱全。然其卷帙重大，非士大夫累数千金之家不能购，以是野史日盛，而谬悠④之谈遍于海内。

　　苏之吴江，有吴炎⑤、潘柽章二子，皆高才，当国变后，年皆二十以上，并弃其诸生，以诗文自豪。既而曰："此不足传也，当成一代史书，以继迁、固之后。"于是购得实录，复旁搜人家所藏文集奏疏，怀纸吮笔，早夜矻矻⑥，其所手书，盈床满箧，而其才足以发之，及数年而有闻，予乃亟与之交。二子皆居江村，潘稍近，每出入未尝不相过。又数年，潘子刻《国史考异》三卷，寄予于淮上，予服其精审。又一年，予往越州⑦，两过其庐。及余之昌平⑧、山西，犹一再寄书来。

56

会湖州庄氏难作。庄名廷鑨，目双盲，不甚通晓古今，以史迁有"左丘失明，乃著《国语》⑨"之说，奋欲著书。其居邻故阁辅朱公国桢⑩家，朱公尝取国事及公卿志状疏草，命胥抄录，凡数十帙，未成书而卒。廷鑨得之，则招致宾客，日夜编辑为《明书》；书冗杂不足道也。廷鑨死，无子，家赀可万金。其父允城流涕曰："吾三子皆已析产，独仲子死无后，吾哀其志，当先刻其书，而后为之置嗣。"遂梓⑪行之。慕吴、潘盛名，引以为重，列诸参阅姓名中。书凡百余帙，颇有忌讳语，本前人诋斥之辞未经删削者。

庄氏既巨富，浙人得其书，往往持而恐吓之，得所欲以去。归安令吴之荣者，以赃系狱，遇赦得出。有吏教之买此书，恐吓庄氏。庄氏欲应之，或曰："踵此而来，尽子之财不足以给，不如以一讼绝之。"遂谢⑫之荣。之荣告诸大吏⑬，大吏右⑭庄氏，不直之荣。之荣入京师，摘忌讳语密奏之。四大臣大怒，遣官至杭，执庄生之父及其兄廷鑨及弟侄等，并列名于书者十八人，皆论死。其刻书鬻书，并知府、推官⑮之不发觉者，亦坐之。发廷鑨之墓，焚其骨，籍没其家产。所杀七十余人，而吴、潘二子与其难。

当鞫⑯讯时，或有改辞以求脱者，吴子独慷慨大骂，官不能堪，至拳踢仆地。潘子以有母故，不骂亦不辨。其平居孝友笃厚，以古人自处，则两人同也。予之适越，过潘子时，余甥徐公肃⑰新状元及第，潘子规余慎无以甥贵稍贬其节，余谢不敢。二子少余十余岁，而予视为畏友⑱，以此也。

方庄生作书时，属客延予一至其家。予薄其人不学，竟去，以是不列名，获免于难。

二子所著书若干卷，未脱稿，又假予所蓄书千余卷，尽亡。予不忍二子之好学笃行而不传于后也，故书之。且其人实史才，非庄生者流也。

----

①宬：藏书之室。皇史宬：在京师旧皇城内太庙之东南，为明代藏实训、实录处；清因之。　②野史：私家所撰之史书。③草泽：在野之称。　④谬悠：谬妄无稽。　⑤吴炎：字赤溟，又字如晦，号愧庵，后更号赤民；明诸生，乱后隐居教授，既而遭庄氏史案，遂及于难；有《吴赤溟集》。　⑥矻矻：勤勉不息之貌。　⑦越州：今浙江绍兴。　⑧昌平：今属北京。　⑨语见《史记·太史公自序》。　⑩朱国桢：字文宁，万历进士，累官至首辅。卒谥文肃。宰相入阁办事，故称阁辅。　⑪梓：刻版。　⑫谢：拒绝。　⑬大吏：谓将军松魁。之荣白其事于魁，魁移巡抚朱昌祚，朱牒督学胡尚衡，廷𬬮父并纳重贿以免。乃稍易指斥语，重刊之。　⑭右：袒助。⑮知府谭希闵莅官甫半月，事发，与推官李焕，皆以隐匿罪至绞。　⑯鞫：穷究其犯罪之情形。　⑰徐公肃：名文元，号立斋，公肃其字。官至户部尚书。有《含经堂集》。　⑱畏友：谓品望高迈，使人畏敬之友。

与友人论学书

比往来南北，颇承友朋推一日之长①，问道于盲。窃叹夫百余年以来之为学者，往往言心言性，而茫乎不得其解也。命与仁，夫子之所罕言也；性与天道，子贡之所未得闻也②；性命之理，著之《易传》，未尝数以语人。其答问士也，则曰"行己有耻"③；其为学，则曰"好古敏求"④；其与门弟子言，举尧舜相传所谓危微精一之说⑤；一切不道，而但曰⑥："允执其中⑦，四海困穷，天禄永终。"⑧呜呼，圣人之所以为学者，何其平易而可循也！故曰："下学而上达。"⑨颜子⑩之几乎圣也，犹曰"博我以文"⑪；其告哀公也⑫，明善之功，先之以博学⑬。自曾子⑭而下，笃实无若子夏⑮，而其言仁也，则曰："博学而笃志，切问而近思。"⑯今之君子则不然。聚宾客门人之学者数十百人，"譬诸草木，区以别矣"⑰，而一皆与之言心言性，舍多学而识，以求一贯之方⑱，置四海之困穷不言，而终日讲危微精一之说。是必其道之高于夫子，而其门弟子之贤于子贡，祧东鲁而直接二帝之心传者也⑲。我弗敢知也。

《孟子》一书，言心言性，亦谆谆矣。乃至万章、公孙丑、陈代、陈臻、周霄、彭更⑳之所问，与孟子之所答者，常在乎出处、去就、辞受、取与之间。以伊尹㉑之元圣，尧、舜其君其民之盛德大功，而其本乃在乎千驷一介之不视不取㉒。伯夷伊尹之不同于孔子也；而其同者，则以"行一不义，杀一不辜，而得天下不为"㉓。是故性也，命也，天也，夫子之所罕言，而今之君子之所恒言也；出处、去就、辞受、取与之辨，孔子、孟子之所恒言，而今之君子所罕言也。谓忠与清之未至于仁㉔，而不知不忠与清而可以言仁者，未之有也；谓不忮不求之不足以尽道㉕，而不知终身于忮且求而可以言道者，未之有也。我弗敢知也。

愚所谓圣人之道者如之何？曰"博学于文"，曰"行己有耻"。自一身以至于天下国家，皆学之事也；自子臣弟友以至出入、往来、辞受、取与之间，皆有耻之事也。耻之于人大矣！不耻恶衣恶食㉖，而耻匹夫匹妇之不被其泽㉗，故曰："万物皆备于我矣，反身而诚。"㉘呜呼！士而不先言耻，则为无本之人；非好古而多闻，则为空虚之学。以无本之人，而讲空虚之学，吾见其日从事于圣人而去之弥远也。虽然，非愚之所敢言也；且以区区之见，私诸同志而求起予㉙。

----

①长：读如长幼之长，言年齿稍长。　　②子贡：姓端木，名赐，孔子弟子。　　③《论语·子路》："子贡问曰：'如何斯可谓之士矣？'子曰：'行己有耻，使于四方不辱君命，可谓士矣。'"行己有耻：谓当有所行，耻己之不及而孜孜自勉。④《论语·述而》："子曰：'我非生而知之，好古，敏以求之

者也。'" ⑤《书·大禹谟》："人心惟危，道心惟微；惟精惟一，允执厥中。" ⑥《论语·尧曰》所引。
⑦允：善也；谓为政当善择中庸之道。 ⑧此句谓四海之民如或困穷，则天赐汝之禄位永将终灭。 ⑨《论语·审问》："不怨天，不尤人，下学而上达。" ⑩颜子：即颜渊。 ⑪《论语·子罕》："夫子循循然，善诱人，博我以文，约我以礼。"
⑫鲁君：名将。 ⑬见《礼记·中庸》。 ⑭曾子：名参，字子舆，孔子弟子。 ⑮子夏：亦孔子弟子，姓卜，名商。
⑯语见《论语·子张》。笃志：谓牢记于心。切：急也；谓所不知之事，宜急咨问。近思：谓择切近于身者而考索之。 ⑰此句谓其等类，犹之草木之各不相同。语见《论语·子张》。
⑱识：记也。一贯：以一理贯通万事。 ⑲祧：藏迁主之所。古者宗庙之数，依贵贱而有定制，远祖世次逾定制以上，则迁主于祧，不预于宗庙之享祭。东鲁：谓孔子。二帝：谓尧、舜。心传：谓道统之受授。祧东鲁而直接二帝之心传：谓弃孔子所传之学，而直接绍述尧、舜。 ⑳万章等人皆孟子弟子。 ㉑伊尹：一名挚，耕于莘野，商汤聘之为相，遂有天下。孟子称为"圣之任者"。 ㉒《孟子·万章上》："伊尹耕于有莘之野，而乐尧、舜之道焉。非其义也，非其道也，禄之以天下弗顾也，系马千驷弗视也；非其义也，非其道也，一介不以与人，一介不以取诸人。" ㉓语见《孟子·公孙丑》。 ㉔《论语·公冶长》："子张问曰：'令尹子文三仕为令尹，无喜色；三已之，无愠色；旧令尹之政必以告新令尹：何如？'子曰：'忠矣。'曰：'仁矣乎？'曰：'未知，焉得仁。'崔子弑齐君，

61

陈文子有马十乘，弃而去之，至于他邦，则曰：'犹吾大夫崔子也，违之……何如？'子曰：'清矣。'曰：'仁矣乎？'曰：'未知，焉得仁。'"　　㉕忮：忌刻。求：贪得。　　㉖《论语·里仁》："士志于道而耻恶衣恶食者，未足与议也。"　　㉗《孟子·万章上》："思天下之民，匹夫、匹妇，有不被尧舜之泽者，若己推而内之沟中。"　　㉘物：事也。反身而诚：反而自思我身之所施行，能皆诚实而无虚也。盖谓天下人同此心，以吾心推之于人而不误，故人伦之事皆备于我心；能尽我心之诚而行之，乐莫过于此也。语见《孟子·尽心上》。　　㉙起：犹发也，启也。

与友人论门人书

伏承来教，勤勤恳恳，闵其年之衰暮，而悼其学之无传，其为意甚盛。然欲使之效曩者二三先生，招门徒，立名誉，以光显于世，则私心有所不愿也。若乃西汉之传经①，弟子常千余人，而位高者至公卿，下者亦为博士，以名其学，可不谓荣欤？而班史②乃断之曰："盖禄利之路然也。"故以夫子之门人且学干禄③。子曰："三年学，不至于谷，不易得也，"④而况于今日乎？

今之为禄利者，其无藉于经术也审矣。穷年所习，不过应试之文；而问以本经，犹茫然不知为何语。盖举唐以来帖括⑤之浅而又废之，其无意于学也，传之非一世矣。矧⑥纳赀⑦之例行，而目不识字者可为郡邑博士；惟贫而不能徙业者，百人之中尚有一二读书，而又皆躁竞⑧之徒，欲速成以名于世。语之以五经则不愿学，语之以白沙⑨、阳明⑩之语录则欣然矣，以其袭而取之易也。其中小有才华者，颇好为诗。而今日之诗，亦可以不学而作。吾行天下，见诗与语录之刻，堆几积案，殆于瓦釜雷鸣⑪，而叩以《二南》《雅》《颂》⑫之义，不能说也。于此时而将行吾之道，其谁从之？"大匠不为拙工改废绳墨，羿不为拙射变其彀率⑬"。

若徇⑭众人之好，而自贬其学以来天下之人，而广其名誉，则是枉道以从人，而我亦将有所不暇。

惟是斯道之在天下，必有时而兴；而君子之教人，有私淑艾者⑮，虽去之百世而犹若同堂也。所著《日知录》三十余卷，平生之志与业皆在其中，惟多写数本以贻之同好，庶不为恶其害己者之所去，而有王者起，得以酌取焉，其亦可以毕区区之愿矣。夫道之污隆⑯，各以其时，若为己而不求名，则无不可以自勉。鄙哉硁硁⑰，所以异于今之先生⑱者如此，高明⑲何以教之？

----

①传经：以经学授徒。　②《汉书》班固所作，故称"班史"。　③《论语·为政》："子张学干禄。"干：求也。禄：禄位。　④谷：亦"禄"也。言为学而不志于禄位之人，不可多得也。语见《论语·泰伯》。　⑤帖括：唐制帖经试士。后以应试者多，至帖孤章绝言以惑之；应试者则取其难者编为歌诀，以便记忆，谓之"帖括"，谓包括帖经之门径。⑥矧：语词，况。　⑦纳赀：纳费捐买官爵也。　⑧躁竞：急于与人争权利。　⑨白沙：即陈献章，明新会人，字公甫。正统时，以荐授翰林检讨，乞终养归，屡荐不起。其学以静为主。居白沙里，世称"白沙先生"。　⑩阳明：即王守仁，字伯安。明余姚人，其学以良知良能为主，称为姚江派。世称"阳明先生"。　⑪此句谓其诗与语录，如瓦釜之声不堪入耳。⑫《诗经》全部分风、雅、颂三种。《二南》：即王风《周南》

《召南》。雅：《大雅》《小雅》。颂：《周颂》《商颂》。
⑬绳墨：工匠所以为直之具。羿：有穷国之君，为古之善射者。彀：弓弯满；彀率，张弓之度。语见《孟子·尽心上》。
⑭徇：依循。　⑮私：窃也。淑：善也。艾：治也。谓不能及门受业，而窃闻其道以善治其身。《孟子·尽心上》："君子之所以教者五：……有私淑艾者。"　⑯《礼》："道隆则从而隆，道污则从而污。"污：降也，杀也。　⑰硁硁：浅见而固执之貌。　⑱《韩诗外传》："古谓知道者曰'先生'，犹言先醒也。"　⑲高明：对人之尊称。

与友人辞祝书

昨见子德云，明府①将以贱辰②光临赐祝。窃惟生日之礼，古人所无。《小弁》之逐子③，始说"我辰"④；《哀郢》之故臣⑤，乃言初度⑥。故唐文皇⑦以劬劳⑧之训，垂泣以对群臣；而近时孙退谷⑨、张篑山⑩著论，次废此礼。彼居常处顺者，犹且辞之，况鄙人生丁⑪不造⑫，情事异人，流离四方，偷存视息⑬。若前史王华⑭、王肃⑮、陆襄⑯、虞荔⑰、王慧龙⑱之伦，便当终身布衣疏食，不听音乐，不参喜事。即不能然，而又以此日接朋友之觞，炫世俗之目，岂不于我心有戚戚乎⑲？知我者当悯其不幸而吊慰之，不当施之以非礼之礼，使之拂其心而夭⑳其性也。用是直摅衷曲㉑，布诸执事㉒惟祈鉴之！

----

①古于太守牧令，皆称"府君"或"明府君"，简称"明府"。　②辰：生辰。　③《小弁》：《诗经·小雅》篇名，为周幽王太子之传所作，以刺幽王。《诗毛传》："幽王取申国女，生太子宜咎；又说褒姒，生子伯服，立以为后，而放宜咎，将杀之。"逐子：即谓太子宜咎。　④《小弁》："天之生我，我辰安在？"　⑤《哀郢》：《楚辞·九章》之一，为

66

屈原始被放于江南时所作。故臣：即谓屈原。　⑥《楚辞》："皇揽揆余于初度兮。"初度：始生时。　⑦唐文皇：唐穆宗第二子，名昂。即位之初，励精图治，政号清明；其后宦官挠权，遂成甘露之变。在位十四年崩，庙号文宗。　⑧《诗·蓼莪》："哀哀父母，生我劬劳。"劬：亦劳也。　⑨孙退谷：名承泽，清益都人，明崇祯进士。入清，仕至吏部左侍郎。著有《庚子销夏记》《尚书集解》。　⑩张篑山：清庐陵人，名贞生。累官侍讲学士。以理学名，著有《庸书》《圣门戒律》《玉山遗响集》。　⑪丁：当也。　⑫《后汉书·崔骃传》："悯余生之不造兮。"注："造，成也。"　⑬偷存视息：谓苟全性命。　⑭王华：南朝宋人，字子陵，官至护军将军。父廞，兵败，不知所终。　⑮王肃：后汉王磐子。磐坐事死，王肃复出入北宫及王侯邸第。及郭后薨，收捕诸王，死者以千数。　⑯陆襄：南朝梁人，字赵卿。痛父兄遇祸之酷，终身蔬食布衣，不听音乐，不言杀害者五十余年。太清初，仕至度支尚书。　⑰虞荔：南朝余姚人，字山披，善属文。梁武帝以置山林馆，命为学士。陈文帝时，除太子中庶子。初侯景之乱，荔母随荔入台，卒于台内，寻城陷，情礼不申；由是终身布衣蔬食，不听音乐。　⑱王慧龙：北朝后魏人。王愉之孙。愉合家见诛，慧龙为沙门僧彬所匿，得免。积功，授龙骧将军。　⑲戚戚：感念不安之貌。　⑳拂：戾也。夭：折也。　㉑摅：舒也，布也。衷曲：犹言心曲。　㉒执事：供使令之人。书信中称"执事"者，尊敬之，不敢直指其人。

答原一①公肃②两甥书

　　老年多暇，追忆曩游：未登弱冠③之年，即与斯文之会。随厨俊④之后尘，步杨班⑤之逸躅⑥，人推月旦⑦，家擅雕龙⑧。此一时也。已而山岳崩颓，江湖沸渭⑨。酸枣之陈词慷慨，尚记臧洪⑩；睢阳之断指淋漓，最伤南八⑪。重泉虽隔，方寸无暌⑫。此又一时也。已而奴隶⑬鸱张⑭，亲朋澜倒⑮。或有闻死灰之语，流涕而省韩安⑯；览穷鸟之文，抚心而明赵壹⑰。终凭公论，得脱危机。此又一时也。

　　凡此三者之人⑱，骑箕⑲化鹤⑳，多不可追；哲嗣闻孙，往往而在。此即担簦戴笠㉑，陌㉒路相逢，犹且为之叙殷勤，陈夙昔㉓，班荆郑国之野㉔，贳酒黄公之垆㉕，而况吾甥欲以郡中之园为吾寓舍。寻往时之息壤㉖，不乏同盟；坐今日之皋比㉗，难辞后学。使鸡黍蒇具㉘，千糇以愆㉙，既乖良友之情，弥失故人之望。且吾今居关、华㉚，每年日用约费百金，若至吴门，便须五倍，吾甥能为办之否乎？

　　又或谓广厦之欢，可以大庇寒士㉛；九里之润㉜，亦当施及吾侪。而曰：吾尔皆同声气同患难之人，尔有鼎贵㉝之甥，可无挹注㉞之谊？因罴觅菟㉟，见弹求鸮㊱，有如退之㊲诗所云"偶然题作木居士㊳，便有无穷祈福人"者，吾甥复能副之否乎？虽复田文、无忌㊴，不可论之当今；假使元美、天如㊵，当必有以处此。而如其不然，则必以觖望㊶之怀，更招多口之议。况山林晚暮，已成独往之踪；城市云为，终是狗人之学。然则吾今日之不来，非惟自适，亦所以善为吾甥地也。

----

①徐乾学，号健庵，字原一。康熙进士，累官刑部尚书。尝命总裁《一统志》《会典》《明史》，纂辑《鉴古辑览》《古文渊鉴》等书。有《读礼通考》《文集》《外集》《虞浦集》《碧山集》。　②乾学弟，名元文，字公肃，号立斋。顺治进士第一，官至文华殿大学士，户部尚书。有《含经堂集》。　③二十日弱冠。　　④《后汉书》：度尚、张邈、王考、刘儒、胡毋班、秦周、蕃响、王章为"八厨"，"厨"者，言能以财救人；李膺、荀昱、杜密、王畅、刘祐、魏朗、赵典、朱寓为"八俊"，"俊"者，言人之英。　⑤杨：杨雄。班：班固。皆汉代大文学家。　⑥逸：不徇流俗。躅：踪迹。　⑦月旦：谓品评人物。　⑧雕龙：喻善辩。　⑨二语皆以喻国亡。泑：水之声势。　⑩《后汉书·臧洪传》："洪字子源，射阳人。太守张超请为功曹。时董卓弑帝，图危社稷，洪说超诛国贼。超与诸牧守大会酸枣，洪摄衣升坛，歃血而盟，辞气慷慨，闻其言者无不激扬。"酸枣，汉置县，宋改名延津，故城在今河南延津县北。　⑪睢阳：故城在今河南商丘市南。南八：即南霁云。⑫重泉：谓地下死者所居。方寸：谓心。暌：隔也。　⑬奴隶：指仆陆恩。　⑭鸥：鸢也。鸥张：谓强梁之人，若鸥之张

69

其翼。　⑮澜倒：谓如狂澜之倾倒。　⑯事迹见《史记·韩安国传》，安国，字长孺，梁成安人。武帝时，累迁御史大夫。会匈奴大入，安国为材官将军，兵败，诏责让，因呕血死。

⑰赵壹：后汉西充人，字元叔。司徒袁逢、河南尹羊陟共称荐之，名动京师；后十辟公府，皆不就。著赋颂等十六篇。

⑱此句谓在上述三时交往之人。　⑲骑箕：言其死后精神，跨于箕尾之间。按《星图》：传说星在箕尾二宿间。今沿称人死曰"骑箕尾"，或省称"骑箕"。　⑳化鹤：去世。　㉑簦：笠之有柄者，犹今之伞。　㉒陌：田间道。　㉓此句叙殷勤之情，陈夙昔之事。　㉔班荆：谓布荆于地而坐。　㉕《世说》："王戎遇黄公酒垆，谓客曰：吾与嵇叔夜、阮嗣宗酣饮此垆。自嵇阮亡后，视此虽近，邈若山河。"赊：赊也。　㉖息壤：指盟约信誓。　㉗皋比：即虎皮，后因以称讲座。

㉘蔑：无也。　㉙糇：干粮。　㉚华阴县在关中，故称关华。　㉛厦：屋也。杜甫诗："安得广厦千万间，大庇天下寒士俱欢颜。"　㉜《后汉书·郭伋传》："伋拜颍川太守，召见辞谒。帝劳之曰：'贤能太守去帝城不远，河润九里，冀京师并蒙福也。'"　㉝《汉书·贾捐之传》："贾捐之数短石显，杨兴曰：显鼎贵，上信用之。"注："言方且欲贵矣。"　㉞《诗》："挹彼注兹。"言汲彼以益此。　㉟罦：兔网。菟：与"兔"通。　㊱鹗：与"枭"同。　㊲退之：唐韩愈字。　㊳此句谓漫题木偶以名号。　㊴田文：战国齐孟尝君。无忌：战国魏信陵君。　㊵元美：明王世贞字。天如：明张溥字。　㊶觖：不满。觖望：不满所望而怨。

70

与戴枫仲①书

大难初平，宜反己自治，以为善后之计。昔傅说之告高宗②曰："惟干戈省厥躬。"③而夫子④之系《易》也，曰："山上有水，蹇。君子以反身修德。"孟子曰："行有不得者，皆反求诸己。"《左传》载夫子之言曰："臧武仲⑤之智而不容于鲁，有由也，作不顺而施不恕也。"苟能省察此心，使克伐怨欲⑥之情，不萌于中⑦而顺事恕施，以至于"在邦无怨，在家无怨"⑧，则可以入圣人之道矣。以向者横逆⑨之来为他山之石⑩，是张子⑪所谓"玉女于成"⑫者也。

至于臧否⑬人物之论，甚足以招尤⑭而损德。自顾其人，能如许子将，方可操汝南之月旦⑮；然犹一郡而已，未敢及乎天下也。不务反己而好评人，此今之君子所以终身不可与适道，不为吾友愿之也。

---

①戴枫仲：名廷栻，祁县人。家多藏书及法书名画。
②傅说：殷贤相。高宗：殷之中兴王，盘庚弟，小乙子，名武丁。　③语见《商书·说命》。谓干戈所以讨有罪，然必严于省躬者，方可以加人。　④夫子：即孔子。　⑤臧武仲：鲁大夫，名纥。　⑥克：好胜人。伐：自夸伐其功。欲：谓贪

71

欲。　　⑦中：谓心也。　　⑧《论语·颜渊》："己所不欲，勿施于人，在邦无怨，在家无怨。"　　⑨横逆：谓以非理加于人。　　⑩他山之石：比喻借他人之言攻己之过。　　⑪张子：即张载，字子厚，世号横渠先生，著《正蒙》及《东铭》《西铭》。　　⑫《西铭》："贫贱忧戚，庸玉汝于成也。"⑬臧：善也；臧否：评论其善与不善。　　⑭尤：怨。　　⑮许子：即许劼。

答李紫澜①书

常叹有名不如无名，有位不如无位。前读大教，谬相推许，而不知弟此来关右②，不干当事③，不立坛宇④，不招门徒，西方之人，或以为迂，或以为是。而同志之李君中孚⑤，遂为上官逼迫⑥，舁⑦至近郊，至卧操白刃，誓欲自裁⑧。关中诸君有以巨游故事言之当事，得为谢病⑨放归；然后国家无杀士之名，草泽⑩有容身之地，真所谓威武不屈⑪。然而名之为累，一至于斯，可以废然返矣。或曰："君子疾没世而名不称。"何欤？曰：君子所求者没世之名，今人所求者当世之名。当世之名，没则已焉，其所求者正君子之所疾也，而何俗士之难瘳欤？

城郭沟池以为固，甲兵以为防，米粟刍荛⑫以为守，三代以来，王者之所不废。自宋太祖惩五季⑬之乱，一举而尽撤之，于是风尘⑭乍起，而天下无完邑矣。我不能守，贼亦不能据，而椎埋攻剽⑮之徒乃尽保⑯于山中。于是四皓之商颜⑰，刘、阮之天姥⑱，凡昔日兵革之所不经，高真⑲之所托迹者，无不为戎薮盗区。故避世之难，未有甚于今日，推原其故，而艺祖⑳、韩王㉑有不得辞其咎者矣。读书论世而不及此，岂得为"开拓万古之心胸"㉒者乎？

————————————————

　①李紫澜：名涛，号述斋。康熙乙卯解元，丙辰进士，累官至刑部侍郎。　　②关右：犹言关西、关中，指函关以西之地。　③当事：犹言当局，谓居官者。　　④坛宇：祭祀的坛场。此指学术门户。　　⑤李中孚：即李颙。　　⑥李中孚在康熙中，以隐逸真儒被荐，迫之出仕。　　⑦舁（yú）：共举。　　⑧自裁：自杀。　　⑨此句指以疾病请引退。　　⑩草泽：在野之称。　　⑪此处谓不为威力所屈服。　　⑫茭：干刍；牛马喜食。茭叶，故饲畜之刍亦曰"茭"。　　⑬五季：指后梁、后唐、后晋、后汉、后周五代。前后凡五十余年。　　⑭风尘：状兵乱之象。　　⑮椎埋：谓用椎杀人而埋之。　　⑯保：守也。⑰四皓：指汉初四隐士东园公、绮里季、夏黄公、甪里先生。隐居商山中。四人皆须眉皓白，故谓之"四皓"。商颜，即商山，在陕西商县东。　　⑱刘：刘晨。阮：阮肇。汉时人。同入天台采药，溪边有二女子，忻然如旧相识。天姥：山名，在浙江新昌县东五十里，东接天台山。　　⑲高：高人，谓高尚不仕之人。真：真人，谓修真得道之人。　　⑳艺祖：即宋太祖。　　㉑韩王：赵普封号。赵普，蓟人，字则平。初事宋太祖为书记，能以天下为己任。太宗时拜太师，历相两朝。卒谥忠献。　　㉒宋陈亮上宋孝宗书有"推倒一时之豪杰，开拓万古之心胸"语。

答曾庭闻①书

　　南徐②一别，三十六年。足下高论王霸，屈迹泥涂③，读严武④、隗嚣⑤之句，未尝不为之三叹。弟白首穷经，使天假之年，不过一伏生⑥而已，何敢望骐骥之后尘，而希千里之步？然以用世之才如君者，而犹沦落不偶，况砼鄙如弟，率⑦彼旷野，死于道涂，固其宜也，奚足辱君子勤勤⑧之问乎？

　　宣尼⑨有言："自南宫敬叔之乘我车也，而道加行。"⑩今之人情则异乎是。即有敬叔之车，而季、孟⑪之流不问杏坛⑫之字。然一生所著之书，颇有足以启后王而垂来学者。《日知录》三十卷，已行其八，而尚未惬意。《音学五书》四十卷，今方付之剞劂⑬。其梨枣⑭之工，悉出于先人之所遗故国之余泽，而未尝取诸人也。

　　"君子之道，或出或处"，君年未老，努力加餐！

----

　　①曾庭闻：名晠，江西宁都人，举人，著有《金石堂诗集》。　　②南徐：古州名，即今江苏丹徒。　　③泥涂：喻卑下。　　④严武：唐华阴人，字季鹰。至德中为剑南节度使，破吐蕃七万众于当狗城，封郑国公。　　⑤隗（wěi）嚣：后汉成

75

纪人，字季孟。王莽末，据陇西，称西州上将军。光武西征，嚣奔西城而死。　　⑥伏生：名胜，字子贱，汉济南人。文帝时求能治《尚书》者，胜时年九十余，老不能行，使晁错往受之，得二十九篇。撰有《尚书大传》。　　⑦率：循行。　　⑧勤勤：殷勤貌。　　⑨宣尼：谓孔子。汉平帝追谥孔子为"褒成宣尼公。"　　⑩语见《孔子家语》。　　⑪季：季孙氏；孟：孟孙氏。皆鲁公族。　　⑫杏坛：在今山东曲阜圣庙殿前，为孔子讲授之所。　　⑬剞劂：雕板。　　⑭雕印书籍以梨木、枣木为上，故称书板曰"梨枣"。

复陈蔼公书

　　山史西来，得接赐札，并读《井记》。一门尽节，风教凛然，诚彤管①之希闻，中垒②所未记者矣。弟久客四方，年垂七十，形容枯槁，志业衰颓，方且逃名寂寞之乡，混迹渔樵之侣，不敢效百泉、二曲为讲学授徒之事，亦乌有所谓门墙者乎？若乃过汝南而交孟博③，至高密而访康成④，则当世之通人伟士，自结发以来奉为师友者，盖不乏人，而未敢存门户方隅之见也。《诗》曰："风雨如晦，鸡鸣不已。"⑤又曰："乐彼之园，爰有树檀，其下维穀。他山之石，可以攻玉。"是则君子所以持己于末流，接人于广坐⑥者，必有不求异而亦不苟同者矣。辱承来教，实获我心⑦，率⑧此报谢。

----

①彤管：赤管笔，古代女史所执，以记功书过。　②刘向尝为中垒校尉，故世称刘中垒。　③孟博：后汉范滂字。少励清节，举孝廉光禄四行，慨然有澄清天下之志。建宁中，死于党锢。　④康成：郑玄字。　⑤晦：昏也。语见《诗·郑风·风雨》。鸡不因天下之昏晦而不鸣，以喻君子不因世乱而变其节度。　⑥广坐：谓群众列席之所。　⑦实获我心：犹言正合我意。　⑧率：犹用也。

答子德①书

　　接读来诗，弥增愧恻②。名言在兹，不啻口出③，古人有之。然使足下蒙朋党④之讥，而老夫受虚名之祸，未必不由于此也。韩伯休不欲女子知名⑤，足下乃欲播吾名于士大夫，其去昔贤之见，何其远乎？"人相忘于道术，鱼相忘于江湖。"⑥若每作一诗，辄相推重，是昔人标榜之习，而大雅君子所弗为也。愿老弟自今以往，不复挂朽人于笔舌之间，则所以全之者大矣。

----

　　①子德：即李因笃。　　②恻：同"仄"，不安。　　③《书·秦誓》："不啻若是其口出。"　　④朋党：朋比为党。　　⑤《后汉书·韩康传》："康字伯休，霸陵人。采药卖于长安市，口不二价，三十余年。时有女子从康买药，康守价不移。女子怒曰：'公是韩伯休耶？'康曰：'我本欲避名，今小女子皆知有我焉，何用药为？'遁入霸陵山中。"　　⑥《庄子》语。

与次耕书

于天空海阔之中，一旦为畜樊之雄，才华累之也。虽然，无变而度①，无易而虑，古人于远别之时，而依风巢枝，勤勤致意，愿子之勿忘也。自今以往，当思中材②而涉末流之戒，处钝守拙。孝标③策事，无侈博闻；明远为文，常多累句④。务令声名渐减，物缘渐疏，庶几免于今之世矣。若夫不登权门，不涉利路，是又不待老夫之灌灌⑤也。

----

①而：汝也。度：仪度。　②《汉书》："中材苟容求全；下材怀危内顾。"　③孝标：梁刘峻字。　④明远：宋鲍照字。《宋书·临川王道规传》："世祖以照为中书舍人。上好文章，自谓物莫及，照悟其旨，为文多鄙言累句，咸谓照才尽，实不然也。"　⑤灌灌：尽诚告诫之貌。

与李中孚书

　　先生已知盩厔①之为危地，而必为是行，脱一旦有意外之警，居则不安，避则无地，有焚巢丧牛之凶，而无需沙出穴之利，先生将若之何？至云置死生于度外，鄙意未以为然。天下之事，有杀身以成仁②者；有可以死，可以无死③，而死之不足以成我仁者。子曰："吾未见蹈仁而死者也。"圣人何以能不蹈仁而死？时止则止，时行则行，而不胶于一。孟子曰："大人者，言不必信，行不必果④。"于是有受免死之周⑤，食嗟来之谢⑥，而古人不以为非也。使必斤斤焉避其小嫌，全其小节，他日事变之来，不能尽如吾料，苟执一不移，则为荀息之忠⑧，尾生之信⑨。不然，或至并其斤斤者而失之，非所望于通人矣。承惓惓相爱之切，故复为此忠告，别有札与宪尼，嘱其恳留先生也。

----

　　①盩厔：县名，今作周至，属陕西。　　②《论语》："志士仁人，无求生以害仁，有杀身以成仁。"　　③《孟子》："可以死，可以无死，死伤勇。"　　④果：坚决。　　⑤周：与"赒"通，赡也，给也。　　⑥《礼》："有饿者蒙袂辑屦，贸贸然来。黔敖左奉食，右执饮，曰：'嗟！来食。'扬其目而

视曰：'余唯不食嗟来之食，以至于斯也。'从而谢焉，终不食而死。"　　⑦斤斤：较量细事之貌。　　⑧荀息：春秋时晋大夫。献公卒，立奚齐而辅之；里克杀奚齐，又辅立卓子；卓子亦见杀，息遂死焉。　　⑨尾生：古之信士。尝与女子期于梁下，女子不来，水至不去，抱梁柱而死。见《庄子》。

与三侄书

新正已移至华下，祠堂、书院之事，虽皆秦人①为之，然吾亦须自买堡中书室一所，水田四五十亩，为饔飧②之计。秦人慕经学，重处士，持清议，实与他省不同。黄精③松花，山中所产；沙苑④蒺藜⑤，止隔一水⑥，终日服饵，便可不肉不茗。然华阴缩毂关河之口⑦，虽足不出户，而能见天下之人，闻天下之事。一旦有警，入山守险⑧，不过十里之遥。若志在四方，则一出关门，亦有建瓴⑨之便。

今年三月，乘道涂之无虞，及筋力之未倦，出崤、函⑩，观伊、雒⑪，历嵩、少⑫，亦有一二好学之士闻风愿交。但中土饥荒，不能久留，遂旋车而西矣。彼中经营方始，固不能久留于外也。

----

①秦人：指陕西省人。　②朝食曰"饔"；夕食曰"飧"。③黄精：多年生草。茎高一二尺，叶似百合，花淡绿色，实如豆，根为管状；根茎俱可入药。　④沙苑：地名，在陕西大荔县南，产蒺藜。　⑤《本草》："蒺藜有二种：一杜蒺藜，开小黄花，结芒刺；一白蒺藜，出沙苑，结荚长寸许，子大如黍粒。"　⑥一水：谓渭水。大荔：在渭水北，华阴在渭水南。

82

⑦关：潼关，在华阴东；河：黄河，在华阴东北。绾：联贯；绾毂：谓华阴绾关河道口，若车毂之凑于辐。　　⑧山：谓华山，山之东有牛心谷，南通商洛，为险厄处。　　⑨瓴：屋瓦之仰盖者，亦曰瓦沟。建瓴：喻向下之势易。　　⑩崤：谓崤山，在河南永宁县北。函：即函谷关。　　⑪伊：伊水，出河南伊氏县东南闷顿岭东北。流至偃师县入洛。雒：与"洛"通。洛水出陕西洛南县之秦岭东北，流至河南汜水县，入河。　　⑫嵩：嵩山，在河南登封北。少：少室山，在开封西。

与周籀书书

昔年过访尊公①于江村寓舍中。其时以去国孤踪，相逢话旧，遇声子于郑郊②，久谙家世；和渐离于燕市③，窃附风流。雹散蓬飘，忽焉二纪④。东西南北，音信阙如。为天涯⑤独往之人，类日暮倒行⑥之客。乃者⑦发函伸纸，如见故人；问道论文，益征同志。信后生之可畏，知斯道之不亡。

至于鄙俗学而求六经，舍春华而食秋实⑧，则为山覆篑⑨，当加进往之功；祭海先河⑩，尤务本原之学。老夫耄矣⑪，何足咨询⑫？而况二十年前已悔久焚之作乎？重违来旨⑬，辄布区区⑭。

----

①尊公：称人之父。　②《左传》："伍举奔郑，将遂奔晋，声子将如晋，遇之于郑郊，班荆相与食而言复故。"
③《史记·刺客传》："荆轲至燕，爱击筑者高渐离，与饮于燕市。酒酣，高渐离击筑，荆轲和而歌，相乐，已而相泣，旁若无人者。"　④二纪：二十四年。　⑤涯：边际；天涯：谓极远之地。　⑥《史记》："伍子胥曰：为我谢申包胥曰：吾日暮途远，吾故倒行而逆施之。"　⑦乃者：犹言曩者，向者。
⑧此句喻由华反朴。　⑨篑：盛土之竹器。　⑩《礼记·礼

84

运》："三王之祭川也，皆先河而后海。"河为海之本，故先祭河而后祭海，使人知务本。　⑪八十、九十曰耄。　⑫咨、询：皆问也。　⑬来旨：谓来书之意旨。　⑭此句谓陈微末之见。

与人书一

　　人之为学，不日进则日退。独学无友，则孤陋而难成；久处一方，则习染而不自觉。不幸而在穷僻之域，无车马之资，犹当博学审问，古人与稽①，以求其是非之所在，庶几可得十之五六。若既不出户，又不读书，则是面墙②之士，虽子羔③、原宪④之贤，终无济于天下。子曰："十室之邑，必有忠信如丘者焉，不如丘之好学也。"夫以孔子之圣，犹须好学，今人可不勉乎？

----

　　①稽：合也，谓与古人相合。　　②面墙：谓一无所见。
③子羔：春秋卫人。姓高名柴，子羔其字也。孔子弟子。性仁孝，足不履影，启蛰不杀；亲丧泣血三年，未尝见齿。
④原宪：春秋鲁人，字子思，亦孔子弟子。性狷介，所居蓬枢瓮牖。孔子为鲁司寇，以宪为家邑宰。

与人书六

　　生平所见之友，以穷以老而遂至于衰颓者，十居七八。赤豹，君子也，久居江东，得无有陨获①之叹乎？昔在泽州，得拙诗，深有所感，复书曰："老则息矣，能无倦哉？"此言非也。夫子"归与！归与！"②未尝一日忘天下也。故君子之学，死而后已。

----

　　①陨获：困迫失志之貌。　　②《论语》："归与！归与！吾党之小子狂简。"谓孔子虽有"归与归与"之言，而其心仍未忘天下。

与人书十

　　尝谓今人纂辑之书，正如今人之铸钱。古人采铜于山，今人则买旧钱，名之曰废铜，以充铸而已。所铸之钱，既已粗恶，而又将古人传世之宝，春剉碎散，不存于后，岂不两失之乎？承问《日知录》，又成几卷，盖期之以废铜；而某自别来一载，早夜诵读，反复寻究，仅得十余条。然庶几采山之铜也。

与人书十八

　　《宋史》言刘忠肃①每戒子弟曰："士当以器识②为先，一命为文人，无足观矣。"仆自一读此言，便绝应酬文字，所以养其器识而不堕于文人也。悬牌在室，以拒来请，人所共见，足下尚不知邪？抑将谓随俗为之，而无伤于器识耶？中孚为其先妣③求传再三，终已辞之，盖止为一人一家之事，而无关于经术政理之大，则不作也。韩文公④文起八代之衰⑤，若但作《原道》《原毁》《争臣论》《平淮西碑》《张中丞传后序》诸篇，而一切铭状概为谢绝，则诚近代之泰山北斗⑥矣，今犹未敢许也。此非仆之言，当日刘乂已讥之⑦。

----

　　①刘忠肃：名挚，字华老，宋永静东光人。嘉祐进士。累官至仆射，卒谥忠肃。　　②器：谓器度；识：谓识见。　　③先妣：称其已死之母。　　④韩文公：即韩愈。　　⑤八代：谓东汉、魏、晋、宋、齐、梁、陈、隋。　　⑥《唐书·韩愈传》赞："唐兴，愈以六经之文为诸儒倡；自愈没，其学盛行，学者仰之为泰山北斗。"　　⑦《唐书·韩愈传》："刘乂闻愈接天下士，步归之；后以事争语不下因持金数斤，曰：'此谀墓中人得耳！不若与刘君为寿。'愈不能止。"

与人书二十四

顷者东方友人书来，谓弟盍亦听人一荐，荐而不出，其名愈高。嗟乎，此所谓钓名者也！今夫妇人之失所天①也，从一而终，之死靡慝②，其心岂欲见知于人哉？然而义桓之里称于国人③，怀清之台表于天子④，何为其莫之知也？若曰：必待人之强委禽⑤焉，而力拒之，然后可以明节，则吾未之闻矣。

---

①所天：妻称夫。　②之：至也。慝：邪也。言贞妇誓死不别嫁也。　③《汉书》："刘长卿妻，鸾女。生一男，五岁；长卿卒，远嫌不归宁。男十五而夭，乃刑其耳自誓……沛相王吉上奏题其门曰'行义桓嫠'。"　④《汉书》："巴寡妇清其先得丹穴，用财自卫，人不敢犯。始皇以为贞妇而客之，为筑女怀清台。"　⑤委禽：以为定聘之贽。

与人书二十五

　　君子之为学，以明道也，以救世也。徒以诗文而已，所谓雕虫篆刻①，亦何益哉！某自五十以后，笃志经史，其于音学深有所得。今为《五书》②，以续三百篇③以来久绝之传；而别著《日知录》，上篇经术，中篇治道，下篇博闻，共三十余卷。有王者起，将以见诸行事，以跻斯世于治古之隆，而未敢为今人道也。向时所传刻本，乃其绪余耳。

----

　　①《法言》："或问：'吾子少而好赋？'曰：'然，童子雕虫篆刻。'俄而曰：'壮夫不为也。'"　　②《五书》：指《音学五书》。　　③《诗经》，共三百五篇，故称曰"三百篇"。

答友人论学书

《大学》言心不言性，《中庸》言性不言心。来教单提心字而未竟其说，未敢漫为许可，以堕于上蔡①、横浦②、象山③三家之学。窃以为圣人之道，下学上达④之方，其行在孝弟忠信，其职在洒扫应对进退，其文在《诗》《书》《三礼》⑤《周易》《春秋》。其用之身，在出处、辞受、取与；其施之天下，在政令、教化、刑法；其所著之书，皆以为拨乱反正⑥，移风易俗，以驯⑦致乎治平之用，而无益者不谈。一切诗、赋、铭、颂、赞、诔、序、记之文，皆谓之巧言而不以措笔。其于世儒尽性至命之说，必归之有物有则⑧，五行⑨五事⑩之常，而不入于空虚之论。仆之所以为学者如此，以质诸大方之家，未免以为浅近而不足观。虽然，亦可以弗畔⑪矣夫。

杨子⑫有云："多闻则守之以约，多见则守之以卓。少闻则无约也，少见则无卓也。"此其语有所自来，不可以其出于子云而废之也。世之君子，苦博学明善之难，而乐夫一超⑬顿悟⑭之易，滔滔者天下皆是也，无人而不论学矣，能弗畔于道者谁乎？相去千里，不得一面，敢率其胸怀⑮以报嘉讯。幸更有以教之！

①上蔡：即谢良佐，宋上蔡人，字显道，受业程伊川、程明道，世称上蔡先生。　②横浦：即张九成，宋钱塘人，字子韶，学于杨时。自号横浦居士。　③象山：即陆九渊，宋金溪人，字子静，学者称象山先生。　④下学：犹言下问；上达：言其所知上达于先圣王之道。　⑤《三礼》：指《周礼》《仪礼》《礼记》。　⑥拨乱反正：治乱世使复正道。　⑦驯：犹"渐"也。　⑧物：事；则：法。　⑨五行：谓五种行为。　⑩五事：谓貌、言、视、听、思。　⑪畔：离，背。⑫杨子：即杨雄，子云其字。　⑬超：跃而过之。⑭顿悟：顿时解悟。　⑮坦直无隐曲，曰"率"；率其胸怀：谓据臆直陈。

答徐甥公肃书

幼时侍先祖，自十三四岁读完《资治通鉴》后，即示之以邸报，泰昌①以来颇窥崖略。然忧患之余，重以老耄，不谈此事已三十年，都不记忆。而所藏史录奏状一二千本，悉为亡友借观②。中郎被收③，琴书俱尽。承吾甥来札惓惓④勉以一代文献⑤，衰朽讵⑥足副此？既叨下问，观书柱史⑦，无妨往还。正未知绛人甲子，郯子云师，可备赵孟、叔孙之对否耳⑧？

夫史书之作，鉴往所以训今。忆昔庚辰、辛巳之间，国步阽危⑨，方州瓦解⑩，而老成硕彦，品节矫然。下多折槛之陈，上有转圜之听。思贾谊之言，每闻于谕旨；烹弘羊之论⑪，屡见于封章⑫。遗风善政，迄今可想，而昊天不吊⑬，大命忽焉⑭，山岳崩颓，江河日下，三风不儆，六逆⑮弥臻。以今所睹国维⑯人表⑰，视昔十不得二三，而民穷财尽，又倍蓰而无算矣。身当史局，因事纳规，造膝之谟，沃⑱心之告，有急于编摩者，固不待汗简⑲奏功，然后为千秋金镜之献也⑳。

关辅㉑荒凉，非复十年以前风景，而鸡肋蚕丛㉒，尚烦戎略㉓；飞刍挽粟㉔，岂顾民生！至有六旬老妇，七岁孤儿，挈米八升，赴营千里。于是强者鹿铤㉕，弱者雉经㉖，阖门而聚哭投河，并村而张旟抗令。此一方之隐忧，而庙堂之上㉗或未之深悉也。吾以望七㉘之龄，客居斯土，饮瀣餐霞㉙，足怡贞性，登严俯涧，将卜幽栖。恐鹤唳之重惊㉚，即鱼潜㉛之非乐，是以忘其出位㉜，贡此狂言。请赋《祈招》之诗，以代麦丘之祝㉝。不忘百姓，敢自托于鲁儒；维此哲人㉞，庶兴哀于《周雅》㉟。当事君子，倘亦有闻而叹息者乎？东土饥荒，颇传行旅；江南水旱，亦察舆谣。涉青云以远游，驾四牡而靡骋㊱，所望随时示以音问，不悉。

----

①泰昌：明光宗年号。　　②亡友：指吴炎、潘柽章。③蔡邕：东汉陈留人，字伯楷，曾官中郎将，故以为称。董卓已诛，邕在司徒王允座言之而叹。允怒，收付廷尉，士大夫多矜救之，不能得，遂死狱。　　④惓惓：怨至之貌。　　⑤文献：谓可征之典籍与贤人。　　⑥讵：疑问词，同"岂"。　　⑦柱史：即柱下史，周时官名，掌图书典籍。　　⑧郯子：郯国之君。昭子：叔孙婼，鲁大夫。　　⑨国步：犹言"国运"。阽：近边欲隐。　　⑩方州：地也，见《淮南·冥览》"背方州"注。瓦解：言州郡割裂如瓦之解散。　　⑪弘羊：即桑弘羊，汉洛阳贾人子。武帝时领大农丞，尽管天下盐铁，作平准法。昭帝时被诛。　　⑫封章：亦称"封事"。古时臣下上书君主，虑有宣泄，囊封以进，故曰"封章"。二句亦言君主之从谏与臣下之敢谏。　　⑬昊：元气盛大。吊：悯也。谓昊天不加伤悯也。⑭大命：天命。忽：绝也。天命终绝，言国亡也。　　⑮《左

95

传》："且夫贱妨贵，少陵长，远间亲，新间旧，小加大，淫破义，所谓六逆也。"　　⑯《管子》："礼、义、廉、耻，国之四维。"　　⑰人表：谓其行为足为人之师表。　　⑱沃：灌溉。　　⑲汗简：谓书之史册。古时以火炙简令汗，取其青易书。　　⑳《唐书·张九龄传》："千秋节公卿并献宝鉴，九龄上事鉴十章，号《千秋金鉴录》。原文已失传，今传之本乃后人伪造。　　㉑关辅：汉都关中，分近畿（jī）之地为三辅、六辅，故关中亦称关辅。　　㉒此句谓路途险峻。　　㉓戎略：犹言兵略。　　㉔《汉书·主父偃传》："使天下飞刍挽粟。"注："运载刍粟，令其疾至。"　　㉕铤：疾走貌。　　㉖缢死曰"雉经"。　　㉗庙堂：谓朝廷。　　㉘望七：将近七十。㉙瀣：沆瀣露气也。《列仙传》："陵阳子，春食朝霞，夏食沆瀣。"　　㉚嗖：鸟鸣。　　㉛鱼潜：以喻隐居。　　㉜出位：言非其分位所当言。　　㉝《姓纂》："齐桓公至麦丘，有老人祝寿，公封之麦丘，后因氏焉。"　　㉞《诗》："其维哲人，告之话言。"　　㉟《周雅》：周诗《大雅》《小雅》。㊱《诗》："驾彼四牡，四牡项领；我瞻四方，蹙蹙靡所骋。"

与杨雪臣

　　想年来素履①康豫，盛德日新，而愚所深服先生者，在不刻文字，不与时名。至于朋友之中，观其后嗣，象贤②食旧③，颇复难之。郎君④博探文籍而不赴科场，此又今日教子者所当取法也。人苟遍读五经，略通史、鉴，天下之事，自可洞然，患在为声利所迷而不悟耳。

　　向者《日知录》之刻，谬承许可；比⑤来学业稍进，亦多刊改，意在拨乱涤污，法古用夏⑥，启多闻于来学，待一治⑦于后王，自信其书之必传，而未敢以示人也。若《音学五书》，为一生之独得，亦足羽翼六经⑧，非如近时拾沈之语⑨，而亦不肯供他人捉刀⑩之用，已刻之淮上矣。

　　平生志行，知己所详。惟念昔岁孤生⑪，漂摇风雨⑫；今兹亲串⑬，崛起云霄⑭。思归尼父之辕⑮，恐近伯鸾之灶⑯。且九州⑰历其七，五岳⑱登其四，未见君子⑲，犹吾大夫⑳，道之难行，已可知矣。尔乃徘徊渭川㉑，留连仙掌㉒，将营一亩以毕余年。然而雾市云岩，人烟断绝，春畦秋圃，虎迹纵横，又不能不依城堡而架椽，向邻翁而乞火。视古人之栖山饮谷者，何其不侔哉！世既滔滔㉓，天仍梦梦㉔，未知此生尚得相见否？辄因便羽㉕，附布区区。

①素履：平居守分之义。　　②《书》："殷王元子，惟稽古崇德象贤。"注："谓子孙有象先王之贤者。"　　③食旧：谓承守其先代之德泽。　　④汉制，二千石以上，得任其子为郎，故谓人之子弟曰"郎君"。　　⑤比：近也。　　⑥《论语》："行夏之时，承殷之辂。"　　⑦《孟子》："天下之生久矣，一治一乱。"　　⑧羽翼：犹言辅佐，谓足以为六经之辅。　　⑨沈：汁也。拾沈之语：盖谓不切于用之空论。⑩代人作文字曰"捉刀"。　　⑪孤生：犹言孤单，孤微。⑫《诗·鸱鸮》："予室翘翘，风雨所漂摇，予维音哓哓"。言处于忧患之中。　　⑬亲串：犹言亲戚。　　⑭崛起云霄：谓致身通显。　　⑮尼父：谓孔子。　　⑯语见《高士传》。　　⑰九州：中国古代之区划。有两说：《禹贡》曰兖、冀、青、徐、豫、荆、扬、雍、梁；《周礼》曰扬、荆、豫、青、兖、雍、幽、冀、并。　　⑱五岳：谓中岳嵩山、东岳泰山、西岳华山、南岳衡山、北岳恒山。　　⑲《论语》："吾未见君子，得见有恒者斯可矣。"　　⑳《论语》："崔子弑齐君，陈文子有马十乘，弃而违之，至于他邦，则曰：'犹吾大夫崔子也。'"㉑渭川：即渭水。　　㉒仙掌：华山高峰名。　　㉓滔滔：乱貌。　　㉔梦梦：昏愦貌。　　㉕便羽：犹言"便雁"，谓便中之书信。

与潘次耕札

接手书，具感急难之诚，尤钦好学之笃。顾惟鄙劣，不足以裨助高深。故从游之示，未敢便诺。今以天下之大，而未有可与适道①之人。如炎武者，使在宋、元之间，盖卑卑不足数。而当今之世，友今之人，则已似我者多，而过我者少。俗流失，世坏败，而至于无人如此，则平生一得之愚，亦安得不欲传之其人，而望后人之昌明其业者乎？

凡今之所以为学者，为利而已，科举是也。其进于此而为文辞著书一切可传之事者，为名而已，有明三百年之文人是也。君子之为学也，非利己而已也。有明道淑②人之心，有拨乱反正之事，知天下之势之何以流极而至于此，则思起而有以救之。不敢上援孔、孟，且六代③之末犹有一文中子④者，读圣人之书而惓惓以世之不治、民之无聊⑤为亟⑥。没身之后，唐太宗用其言以成贞观之治⑦，而房、杜⑧诸公皆出于文中子之门。虽其学未猝于程、朱，要岂今人之可望哉？

仰惟来旨⑨，有不安于今人之为学者，故先告之志以立其本。惟愿刻意自厉，身处于宋、元以上之人与为师友，而无徇乎耳目之所濡染者焉，则可必其有成矣。

①《论语》："可与共学，未可与适道。"适道：谓进于道。　　②淑：使之善也。　　③六代：指东晋、宋、齐、梁、陈、隋六朝。　　④文中子：即王通，字仲淹，隋龙门人。幼笃学。西游长安，奏《太平十二策》；知谋不用，退居河汾教授，受业千数。卒后，门人谥曰"文中子"。著有《中说》《礼论》《续书》《续诗》《元经》《赞易》等书。　　⑤无聊：愁苦之义。　　⑥亟：急也。　　⑦贞观：唐太宗年号。太宗之世，唐为极盛，世称"贞观之治"。　　⑧房：房玄龄；杜：杜如晦。皆贞观时相。如晦长于断，而玄龄善谋，故世言良相，必称房杜。　　⑨此句谓省察来书之意旨。

又

　　原一南归，言欲延次耕同坐。在次耕今日食贫居约，而获游于贵要之门，常人之情，鲜不愿者。然而世风日下，人情日诣，而彼之官弥贵，客弥多，便佞①者留，刚方者去，今且欲延一二学问之士以盖其群丑，不知薰莸不同器而藏也②。吾以六十四之舅氏，主于其家③，见彼蝇营蚁附之流④，骇人耳目，至于征色发声而拒之，乃仅得自完而已。况次耕以少年而事公卿，以贫士而依庑下⑤者乎？

　　夫子言："吾死之后，则商也日益，赐也日损。"⑥子贡之为人，不过与不若己者游，夫子尚有此言。今次耕之往，将与豪奴狎客，朝朝夕夕，不但不能读书为学，且必至于比匿⑦之伤矣。孟子曰："饥者甘食，渴者甘饮，是未得饮食之正也⑧，饥渴害之也。"今以百金之脩脯⑨而自侪于狎客豪奴，岂特饥渴之害而已乎？荀子曰："白沙在泥，与之俱黑。"吾愿次耕学子夏氏之战胜而肥也⑩。"吾驾不可回"，当以靖节⑪之诗为子赠矣。

----

①《论语》："友便佞。"朱注："便佞，谓习于口语无闻见之实。" ②语见《孔子家语》。薰：香草；莸：臭草。喻君子小人之不能相合。 ③主：以为东道主之义。 ④如蝇之营逐，如蚁之缘附，谓趋炎附势之徒。 ⑤庑：堂下廊。依庑下：谓受他人之覆庇。 ⑥商：子夏。赐：子贡。语见《孔子家语》。 ⑦比匿：谓亲比小人。《易》："比之匪人。" ⑧正：正味。 ⑨脩脯：皆肉之干者；古用以为贽，故称聘金曰"脩脯"。 ⑩《淮南子》："子夏见曾子，一臞一肥。曾子问其故；曰：'出见富贵之乐而欲之，入见先王之道又说之，两者心战，故臞。先王之道胜，故肥。'" ⑪陶渊明世称靖节先生。

下 编

夸 毗

"天之方懠①，无为夸毗②。"《释训》曰："夸毗，体柔也。"《后汉书》崔骃传注："夸毗谓佞人足恭善为进退。"天下惟体柔之人，常足以遗民忧而召天祸。夏侯湛③有云："居位者，以善身为静，以寡交为慎，以弱断为重，以怯言为信。"《抵疑》白居易④有云："以拱默保位者为明智，以柔顺安身者为贤能，以直言危行者为狂愚，以中立守道者为凝滞。故朝寡敢言之士，庭鲜执咎⑤之臣，自国及家，浸而成俗。故父训其子曰：'无介直以立仇敌！'兄教其弟曰：'无方正以贾⑥悔尤。'"且"慎默积于中，则职事废于外，强毅果断之心屈，畏忌因循之性成。反谓率职而居正者，不达于时宜；当官而行法者，不通于事变。是以殿最⑦之文，虽书而不实；黜陟⑧之典，虽备而不行"。《长庆集·策》罗点⑨有云："无所可否，则曰得体；与世浮沉，则曰有量；众皆默，己独言，则曰沽名；众皆浊，己独清，则曰立异。"《宋史·本传》观三子之言，其于末俗之敝，可谓恳切而详尽矣。

102

至于佞谄日炽，刚克消亡；朝多沓沓⑩之流，士保容容⑪之福。苟由其道，无变其俗，必将使一国之人，皆化为巧言令色孔壬⑫而后已。然则丧乱之所从生，岂不阶于夸毗之辈乎？乐天作《胡旋女》诗曰："天宝季年时欲变，臣妾人人学回转。"是以屈原疾楚国之士，谓之"如脂如韦"⑬；而孔子亦云："吾未见刚者"。⑭

----

①惰（qí）：怒也。 ②夸毗：卑身屈己。 ③夏侯湛：字孝若，晋谯国人。幼有盛才，文章宏富。泰始中，举贤良对策中第，拜郎中。累年不调，乃作《抵疑》以自广。 ④白居易：字乐天，号香山居士，唐下邽人，卒谥文。有《白氏长庆集》。 ⑤执咎：谓不避嫌怨。 ⑥贾：买也。 ⑦《汉书·宣帝纪》："丞相御史课殿最之间。"颜师古注："殿，课居后也；最，课居先也。" ⑧黜：贬退；陟：升进。 ⑨罗点：字春伯，宋崇仁人，淳熙进士，卒谥文恭。 ⑩沓沓：弛缓貌。 ⑪容容：犹和同。 ⑫壬：佞也。 ⑬如韦：言其柔也。 ⑭语见《论语》。

医　师

　　古之时，庸医杀人。今之时，庸医不杀人，亦不活人，使其人在不死不活之间，其病日深，而卒至于死。夫药有君臣，人有强弱。有君臣，则用有多少；有强弱，则剂有半倍。多则专，专则效速；倍则厚，厚则其力深。今之用药者，大抵杂泛而均停；既见之不明，而又治之不勇，病所以不能愈也。而世但以不杀人为贤，岂知古之上医，不能无失。《周礼·医师》："岁终稽其医事，以制其食：十全为上；十失一，次之；十失二，次之；十失三，次之；十失四，为下。"是十失三四，古人犹用之。而淳于意①之对孝文②，尚谓"时时失之，臣意不能全也"。《易》曰："裕③父之蛊④，往见吝。"奈何独取夫裕蛊者？以为其人虽死，而不出于我之为！呜呼，此张禹⑤之所以亡汉，李林甫⑥之所以亡唐也！朱文公⑦《与刘子澄书》，所论"四君子汤"⑧，其意亦略似此。

　　《唐书》⑨许胤宗⑩言："古之上医，惟是别脉；脉既精别，然后识病。夫病之与药，有正相当者，惟须单用一味，直攻彼病，药力既纯，病即立愈。"今人不能别脉，莫识病源，以情臆度，多安药味。譬之于猎，未知兔所，多发人马，空地遮围，冀有一人获之，术亦疏矣。假令一药偶然当病，他味相制，气势不行，所以难差，谅由于此。《后汉书》："华佗⑪精于方药，处齐⑫不过数种。"夫师之六五，任九二则吉，参以三四则凶⑬。是故官多则乱，将多则败，天下之事亦犹此矣。

----

①淳于意：汉临淄人，为齐太仓长，世称仓公。精于医，决生死多验。　②孝文：即汉文帝，高帝子，名恒，在位二十三年。　③裕：宽也。　④蛊：事业。　⑤张禹：字子文，后汉河内轵人，成帝时为相。帝疑王氏，以问禹。禹以己老子孙弱，阿附王氏，不敢直言。朱云目为佞臣。　⑥李林甫：唐宗室。柔佞狡黠，有权术。玄宗时，代张九龄为相，厚结宦官妃嫔，察帝动静，故奏对皆称旨。在朝十九年，专政自恣，遂酿安史之乱。　⑦朱文公：朱熹，字元晦，后改仲晦，又有晦庵、晦翁、遁翁、紫阳、考亭、云谷老人、沧州病叟等号，卒谥文。⑧四君子汤：用人参、白术、茯苓、甘草四种药品，故名。⑨《唐书》，有新旧两种。《旧唐书》二百卷，五代后晋刘昫奉敕撰。宋仁宗时，命欧阳修、宋祁等重修，谓之《新唐书》，共二百二十五卷。　⑩许胤宗：唐义兴人，精于医。　⑪华佗：一名尃，字元化，后汉谯人。晓养生之术，精方药针灸，后为曹操所杀。　⑫齐：与"剂"同，方剂。　⑬详《易经·师卦》。

自视欿然

　　人之为学，不可自小，又不可自大。"得百里之地而君之，皆足以朝诸侯，有天下"①，不敢自小也；"附之以韩、魏之家，如其自视欿然，则过人远矣"②，不敢自大也。"予将以斯道觉斯民也；思天下之民，匹夫、匹妇，有不被尧、舜之泽者，若己推而内之沟中"③，则可谓不自小矣。"自耕、稼、陶、渔以至为帝，无非取于人者"④，则可谓不自大矣。故自小，小也；自大，亦小也。今之学者，非自小则自大，吾见其同为小人之归而已。

----

　　①语见《孟子·公孙丑上》。谓伯夷、伊尹、孔子如为地方百里之国君，皆能使诸侯来朝，天下归心也。　　②语见《孟子·尽心上》。韩、魏，晋六卿之富者。欿然：不自足之貌。
③《孟子·万章下》述伊尹语。　　④《孟子·公孙丑上》述舜语。

法　制

　　法制禁令，王者之所不废，而非所以为治也，其本在正人心、厚风俗而已。故曰：“居敬而行简，以临其民。”①周公②作《立政》③之书曰：“文王罔攸兼于庶言庶狱庶慎。”④又曰：“庶狱庶慎，文王罔敢知于兹。”其丁宁⑤后人之意，可谓至矣。秦始皇之治天下之事，无大小皆决于上，上至于衡石量书，日夜有呈⑥，不中呈不得休息，而秦遂以亡。太史公曰：“昔天下之纲尝密矣，然奸伪萌起，其极也，上下相遁，至于不振。”⑦然则法禁之多，乃所以为趣亡之具，而愚暗之君犹以为未至也。杜子美⑧诗曰：“舜举十六相，身尊道何高！秦时任商鞅⑨，法令如牛毛。”又曰：“君看灯烛张，转使飞蛾密。”其切中近朝之事乎！汉文帝诏“置三老⑩孝弟力田常员，令各率其意以道民焉”。夫三老之卑，而使之得率其意，此文景⑪之治所以至于移风易俗，黎民醇厚，而上拟于成康⑫之盛也。诸葛孔明⑬开诚心，布公道，而上下之交，人无间言，以蕞尔⑭之蜀，犹得小康。魏操⑮、吴权⑯任法术以御其臣，而篡逆相仍，略无宁岁。天下之事，固非法之所能防也。

　　叔向与⑰子产⑱书曰：“国将亡，必多制。”夫法制繁，则巧猾之徒皆得以法为市，而虽有贤者，不能自用，此国事之所以日非也。善乎杜元凯⑲之解《左氏》也！曰："法行则人从法，法败则法从人。"宣公十二年传解。

前人立法之初，不能详究事势，预为变通之地。后人承其已弊，拘于旧章，不能更革，而复立一法以救之，于是法愈繁而弊愈多，天下之事，日至于丛脞。其究也"眊而不行"，语出《汉书·董仲舒传》，师古曰："眊，不明也。"上下相蒙，以为无失祖制而已。此莫甚于有明之世，如勾军、行钞二事，立法以救法，而终不善者也。

宋叶适⑳言："国家因唐、五代㉑之极弊，收敛藩镇之权尽归于上，一兵之籍，一财之源，一地之守，皆人主自为之也。欲专大利而无受其大害，遂废人而用法，废官而用吏，禁防纤悉，特与古异，而威柄最为不分。虽然，岂有是哉？故人才衰乏，外削中弱，以天下之大而畏人，是一代之法度又有以使之矣。"又曰："今内外上下，一事之小，一罪之微，皆先有法以待之，极一世之人，志虑之所周浃，忽得一智，自以为甚奇，而法固已备之矣，是法之密也。然而人之才不获尽，人之志不获伸，昏然俯首，一听于法度，而事功日堕，风俗日坏，贫民愈无告，奸人愈得志，此上下之所同患，而臣不敢诬也。"又曰："万里之远，嚬呻动息，上皆知之，虽然，无所寄任，天下泛泛焉而已。百年之忧，一朝之患，皆上所独当，而群臣不与也。夫万里之远，皆上所制命，则上诚利矣。百年之忧，一朝之患，皆上所独当，而其害如之何？此外寇所以凭陵而莫御，雠耻所以最甚而莫报也。"陈亮㉒上孝宗㉓书曰："五代之际，兵财之柄，倒持于下，艺祖㉔皇帝束之于上，以定祸乱。后世不原其意，束之不已，故郡县空虚，而本末俱弱。"

洪武六年九月丁未，命有司庶务，更月报为季报，以季报之数类为岁报。凡府州县，轻重狱囚，即依律断决，不须转发，果有违枉，从御史按察司纠劾。令出，天下便之。

----

①语见《论语》。　②周公：周文王子，名旦，相武王伐纣。武王崩，成王幼，周公摄政。　③《立政》：《尚书》篇名。　④此句言文王无所兼知，于毁誉众言及众刑狱众所当慎之事。　⑤丁宁：再三告语。　⑥呈：同程。　⑦语见《史记·酷吏列传》。　⑧杜甫：字子美，唐襄阳人，审言之孙。善为诗歌。官至工部员外郎，后世称为杜工部。　⑨商鞅：战国卫人。少好刑名之学，相秦孝公，定变法令。封于商，号商君。　⑩三老：乡官掌教化者。汉制，十里一乡，乡有三老。　⑪文景：指汉文帝、景帝。　⑫成康：指周成王、康王。　⑬诸葛亮：字孔明，三国蜀相。佐先主取荆州，定蜀州，遂与魏吴成鼎足之势。　⑭蕞尔：小也。　⑮魏操：即曹操，字孟德。汉末起兵讨董卓，迎献帝都许，为大将军，进位丞相，封魏王。追尊为魏武帝。　⑯吴权：即孙权，三国吴开国之帝，谥大皇帝。　⑰叔向：姬姓，羊舌氏，名肸，字叔向，春秋时晋人。　⑱子产：名侨，春秋时郑人。　⑲杜元

凯：名预，晋杜陵人。作《春秋左传集解》。　⑳叶适：字正则，宋永嘉人，学者称为水心先生。　㉑五代：指后梁、后唐、后晋、后汉、后周。　㉒陈亮：字同甫，宋永康人，才气浩迈。孝宗时，诣阙上书，极言时事。　㉓孝宗：名昚（shèn），继高宗之后。在位二十八年。　㉔艺祖：即宋太祖，姓赵，名匡胤，宋开国之帝。初仕周，为归德节度使，后受周禅，即帝位。收诸将之兵柄，削藩之权，在位十七年。

街　道

　　古之王者，于国中之道路，则有条狼氏①涤除道上之狼扈②，而使之洁清；于郊外之道路，则有野庐氏③达之四畿、合方氏④达之天下，使之津梁相凑，不得陷绝。而又有遂师⑤以"巡其道修"，候人⑥以"掌其方之道治"⑦，至于司险⑧"掌九州之图，以周知其山林川泽之阻，而达其道⑨路"。则舟车所至，人力所通，无不荡荡平平者矣。晋文⑩之霸也，亦曰："司空⑪以时平易⑫道路。"⑬而"道路若塞，川无舟梁"，单子⑭以卜陈灵⑮之亡。自天街⑯不正，王路倾危，涂潦遍于郊关，污秽钟于辇⑰毂。《诗》曰⑱："周道如砥，其直如矢。君子所履，小人所视。眷⑲言顾之⑳，潸焉出涕。"其斯之谓与！

　　《说苑》："楚庄王伐陈，舍于有萧氏，谓路室之人曰："巷其不善乎，何沟之不浚也？"以庄王之霸，而留意于一巷之沟，此以知其勤民也。

　　后唐明宗㉑长兴元年正月，宗正少卿李延祚奏请止绝车牛，不许于天津桥㉒来往。明制："两京有街道官，车牛不许入城。"

----

①条狼氏：《周礼》秋官之属。　　②狼扈：犹言"狼藉"，道上不洁之物。　　③野庐氏：《周礼》秋官之属。④合方氏：《周礼》夏官之属。　　⑤遂师：《周礼》地官之属。有修野道之职。　　⑥候人：《周礼》夏官之属。　　⑦道治：治道也。　　⑧司险：《周礼》夏官之属。　　⑨《周礼》郑氏注："达道路者，山林之阻，则开凿之，川泽之阻，则桥梁之。"　　⑩晋文：春秋时五霸之一，名重耳。　　⑪司空：官名，掌道路者。　　⑫平易：治也。　　⑬《左传》郑子产语。⑭单子：名朝，谥襄公，周王卿士。　　⑮陈灵：春秋时陈君。名平国，陈恭公之子。事见《国语·周语》。周定王六年，单子如楚，假道于陈。八年，陈灵公为夏征舒所杀。九年，楚灭陈。⑯天街：犹言"天衢"，京师辇毂之道。　　⑰辇：天子车。⑱《诗·小雅·大东》。　　⑲眷：反顾。　　⑳潸：涕流貌。㉑唐明宗：名嗣源，克用养子，在位八年。　　㉒天津桥：在河南洛阳西南。隋炀帝迁都，以洛水贯都，有天汉之象，因建此桥。今曰上浮桥。

112

官　树

　　《周礼·野庐氏》："比①国郊及野之道路，宿息②，井树。"《国语》单襄公述周制以告王曰："列树以表道，立鄙食以守路。"《释名》曰："古者列树以表道，道有夹沟，以通水潦。"古人于官道之旁，必皆种树以记里至，以荫行旅。是以南土之棠，召伯③所芨④；道周之杜，君子来游。固已宣美风谣，流恩后嗣。子路⑤治蒲，树木甚茂；子产相郑，桃李垂街。下至隋唐之代，而官槐官柳，亦多见之诗篇，犹是人存政举⑥之效。近代政废法弛，任人斫⑦伐，周道如砥，若彼濯濯⑧，而官无勿翦⑨之思，民鲜侯旬⑩之芘⑪矣。

　　《续汉百官志》："将作大匠⑫掌修作宗庙、路寝、宫室、陵园土木之功，并树桐梓之类，列于道侧。"是昔人固有专职。《三辅黄图》⑬"长安御沟谓之杨沟，谓植高杨于其上也。"《后周书⑭·韦孝宽⑮传》："为雍州刺史。先是路侧一里置一土堠⑯，经雨颓毁，每须修之。自孝宽临州，乃勒部内当堠处，植槐树代之，既免修复，行旅又得芘荫。周文帝⑰后问知之，曰：'岂得一州独尔，当令天下同之。'于是今诸州夹道一里种一树，十里种三树，百里种五树焉。"唐王维⑱诗云："槐柳阴阴到潼关。"《册府元龟》[19]："唐玄宗开元二十八年正月，于两京路及城中苑内种果树。郑审[20]有《奉使巡简两京路种果树毕事入奏》诗。代宗永泰二年正月，种城内六街树。"《中朝故事》[21]曰："天街两畔槐木，俗号为槐街，曲江畔多柳，亦号为柳街，以其成行排立也。"韦应物诗云："垂杨十二衢，隐映金张[22]室。"《旧唐书·吴凑传》："官街树缺所司植榆以补之。凑曰：'榆非九衢之玩，命易之以槐。'及槐阴成而凑卒，人指树而怀之。"《周礼·朝士》注曰："槐之言怀也，怀来人于此。"《淮南子》注同。然则今日之官，其无可怀之政也久矣。

----

①比：《周礼》郑氏注："犹校也。" ②宿息：郑氏注："庐之属：宾客所宿及昼止者也。" ③召伯：姬姓，名奭，作周上公，食采于召，后封于燕。 ④茇：车舍。 ⑤子路：姓仲，名由，孔子弟子。 ⑥《礼记·中庸》："其人存则其政举，其人亡则其政息。" ⑦斫：以刃击之。 ⑧濯濯：无草木之貌。《孟子》："是以若彼濯濯也。" ⑨翦：去也。《诗·甘棠》篇："勿翦勿伐。"召伯教明于南国，后人思其政，不忍翦伐其树。 ⑩《诗·桑柔》篇："其下侯旬。"谓阴均。 ⑪芘：同"庇"。 ⑫将作大匠：官名。秦有将作少府，掌治宫室，汉景帝时更名将作大匠。后汉光武时省，章帝时复置。 ⑬《三辅黄图》：记汉代三辅古迹之书不著撰人名氏，凡六卷。 ⑭《周书》：唐令狐德棻撰。 ⑮韦孝宽：名叔裕，以字行。杜陵人。先仕西魏，为骠骑大将

114

军。入周，拜大司空。　⑯堠：封土为坛，以记里也。

⑰周文帝：姓宇文，名泰。仕于后魏。其子觉篡位为北周，追尊
为太祖文皇帝。　⑱王维：字摩诘，唐太原人，工诗，善书
画。　⑲《册府元龟》：宋真宗景德二年敕王钦若、杨亿等
编。　⑳郑审：唐荥阳人，乾元中为袁州刺史，工诗善书。

㉑《中朝故事》：南唐尉迟偓撰，记唐宣、懿、昭、哀四朝旧
闻。　㉒金张：指金日磾、张安世，皆汉宣帝时权贵，氏族甚
盛，后世因以金张称贵族。

人　聚

太史公言："汉文帝时，人民乐业，因其欲，然能不扰乱，故百姓遂安，自六七十翁，亦未尝至市井。"《史记·律书》"刘宠①为会稽太守，狗不夜吠，民不见吏，庞眉皓发之老，未尝识郡朝。"《后汉书·循吏传》史之所称，其遗风犹可想见。唐自开元全盛之日，姚宋②作相，海内升平。元稹③诗云："戍烟生不见，村竖老犹纯。"此唐之所以盛也。至大历以后，四方多事，赋役繁兴，而小民奔走，官府日不暇给。元结④作《时化》之篇，谓"人民为征赋所伤，州里化为祸邸"，此唐之所以衰也。宋熙宁中行新法，苏轼⑤在杭州作诗曰："赢得儿童语音好，一年强半在城中。"衰敝之政，自古一辙。予少时，见山野之氓，有白首不见官长，安于畎亩，不至城中者。泊于末造，役繁讼多，终岁之功，半在官府。而小民有"家有二顷田，头枕衙门眠"之谚。见《曹县志》已而山有负嵎⑥，林多伏莽⑦，遂舍其田园，徙于城郭。又一变而求名之士，诉枉之人，悉至京师，辇毂之间⑧，易于郊坰⑨之路矣。锥刀之末⑩，将尽争之。五十年来，风俗遂至于此。今将静百姓之心而改其行，必在制民之产，使之甘其食，美其服，而后教化可行，风俗可善乎！

人聚于乡而治，聚于城而乱。聚于乡，则土地辟、田野治，欲民之无恒心，不可得也。聚于城，则徭役繁，狱讼多，欲民之有恒心，不可得也。

昔在神宗⑪之世，一人无为，四海少事。郡县之人，其至京师者，大抵通籍之官⑫；其仆从亦不过三四。下此即一二举贡，与白粮解户而已。盖几于古之所谓"道路罕行，市朝生草"。《盐铁论》⑬彼其时岂无山人游客，干请公卿，而各挟一艺，未至多人，衣食所须，其求易给。自东事⑭即兴，广行召募，杂流之士，哆⑮口谈兵，九门之中，填馗⑯溢巷。至于封章自荐，投甌⑰告密，甚者内结貂珰⑱，上窥颦笑，而人主之威福，且有不行者矣。《诗》曰："我生之初，尚无为，我生之后，逢此百罹。"兴言及此，每辄为之流涕。

欲清辇毂之道，在使民各聚于其乡始。

----

①刘宠：字祖荣，东汉牟平人。以明经举孝廉，迁会稽太守。　②姚宋：指姚崇、宋璟，均唐玄宗时名相。　③元稹：字微之，唐河南人。善为诗，与白居易齐名。　④元结：字次山，举天宝进士。晚拜道州刺史，进授容管经略使。

⑤苏轼：字子瞻，号东坡居士，宋眉山人。工诗文。卒谥文忠。

⑥嶝：山曲。此处借作盗贼之负固者解。　⑦伏莽：言潜伏兵戎于林莽之中。此谓盗贼之潜匿者。　⑧辇：天子所乘之车。辇毂（gǔ）之间：谓京师。　⑨坰：林外。　⑩锥刀之末：言微利。　⑪神宗：明帝名翊钧，年号万历，在位四十八年。

⑫通籍之官：言新进之官。　⑬《盐铁论》：汉桓宽撰。

⑭东事：谓清兵寇边。万历四十四年清太祖称帝，建元天命。四十六年，陷抚顺；熹宗天启元年，又取沈阳，边疆多事。

⑮哆：张口。　⑯馗：与"达"同，九达之道。　⑰瓯：匦也。昔时常有设瓯于通衢，许民投书其中，秘密告发他人罪恶者。

⑱汉中常侍冠，饰金珰右貂。后中常侍用宦者，故谓宦者曰貂珰。

水　利

　　欧阳永叔①作《唐书·地理志》，凡一渠之开，一堰之立，无不记之其县之下，实兼《河渠》一志，亦可谓详而有体矣。盖唐时为令者，犹得以用一方之财，兴期月之役。而《志》之所书，大抵在天宝以前者居什之七；岂非太平之世，吏治修而民隐达，故常以百里之官，而创千年之利，至于河朔②用兵之后，则以催科③为急，而农功水道，有不暇讲求者欤？然自大历以至咸通，犹皆书之不绝于册；而今之为吏，则数十年无闻也已。水日干而土日积，山泽之气不通，又焉得而无水旱乎？

　　崇祯时，有辅臣徐光启④作书，特详于水利之学；而给事中魏呈润⑤亦言："《传》曰：'雨者水气所化。'水利修，亦致雨之术也。"夫子之称禹也，曰："尽力乎沟洫。"⑥而禹自言亦曰："浚畎浍，距川。"⑦古圣人有天下之大事而不遗乎其小如此。自干时著于齐人⑧，枯济征于王莽，古之通津巨渎，今日多为细流，而中原之田，夏旱秋潦，年年告病矣。

　　龙门县⑨，今之河津也。北三十里有瓜谷山堰，贞观十年筑。东南二十三里有十石垆渠，二十三年县令长孙恕凿，溉田良沃，亩收十石。西二十一里有马鞍坞渠，亦恕所凿。有龙门仓，开元二年置，所以贮渠田之人，转般⑩至京，以省关东之漕者也。此即汉时河东太守番系之策。《史记·河渠书》所谓："河移徙，渠不利田者，不能偿种。"而唐人行之，竟以获利。是以知天下无难举之功，存乎其人而已。谓后人之事，必不能过前人者，不亦诬乎？

唐姜师度⑪为同州刺史，开元八年十月诏曰："昔史起⑫溉漳之策，郑白⑬凿泾之利，自兹厥后，声尘缺然。同州刺史姜师度，识洞于微，智形未兆；匪躬⑭之节，所怀必罄；奉公之道，知无不为。顷职大农⑮，首开沟洫，岁功犹昧，物议纷如。缘其忠款可嘉，委任仍旧，暂停九列⑯之重，假以六条⑰之察；白藏⑱过半，绩用斯多。食乃人天⑲，农为政本，朕故兹巡省，不惮祁寒，将申劝恤之怀，特冒风霜之弊。今原田弥望，畎浍连属；由来榛棘之所，遍为杭⑳稻之川；仓庾㉑有京坻㉒之饶，关辅致亩金之润。本营此地，欲利平人。缘百姓未开，恐三农虚弃㉓，所以官为开发，冀令递相教诱。功既成矣，思与共之。其屯田内，先有百姓注籍之地，比来召人作主，亦量准顷亩割还。其官屯熟田，如同州有贫下欠地之户，自办功力能营种者，准数给付，余地且依前官取。师度以功加金紫光禄大夫，赐帛三百匹。"《册府元龟》本传："师度既好沟洫，所在必发众穿凿，虽时有不利，而成功亦多。"读此诏书，然后知"无欲速，无见小利"二言，为建功立事之本。

120

孙叔敖决期思㉔之水而灌雩娄之野，庄㉕知其可以为令尹也。《淮南子》魏襄王与群臣饮酒，王为群臣祝曰："今吾臣皆如西门豹之为人臣也？"文侯时西门豹为邺令。史起进曰："魏氏之行田也以百亩，邺独二百亩，是田恶也。漳水在其旁，西门豹不知用，是不智也；知而不兴，是不仁也。仁智，豹未之尽，何足法也。"于是以史起为邺令，引漳水溉邺，以富魏之河内。《史记》。按《后汉书·安帝纪》："元初二年正月，修理西门豹所分漳水，为支渠，以溉民田。"则指此为西门豹所开。为人君者，有率作兴事之勤，有授方任能之略，不患无叔敖、史起之臣矣。

《汉书》："召信臣㉖为南阳太守，为民作水约束，刻石立于田畔，以防纷争。"《晋书》："杜预都督荆州诸军事，修召信臣遗迹，分疆刻石，使有定分，公私同利。"此今日分水之制所自始也。

洪武末，遣国子生人才，分诣天下郡县，集吏民乘农隙修治水利。二十八年奏："开天下郡县塘堰凡四万九百八十七处，河四千一百六十二处，陂渠堤岸五千四十八处。"此圣祖勤民之效。

----

①欧阳永叔：即欧阳修。　②河朔：黄河以北之地。
③催科：催索租税。　④徐光启：字子先，号玄扈，明上海人。崇祯初，以礼部尚书入阁参机务。精究西洋艺术，译著之书甚多。　⑤魏呈润：字中严，龙溪人。崇祯进士。疏陈兵屯之策及北方水政，帝皆嘉纳。　⑥见《论语》。洫：田间水道。

⑦见《书·益稷》。畎：田中沟。浍：沟之大者。距：至也。谓浚沟浍之水以达于川。　　⑧干时：春秋时齐地名。《左传》注："时水支流旱则竭涸，故曰'干时'。"　　⑨龙门县：唐置，1914年改称龙关县，1960年改赤城县，今属河北省。⑩般："搬"之本字，运也。　　⑪姜师度：魏人。擢明经，官终至将作大匠。喜渠漕，所就皆为后世利。　　⑫史起：战国时人。仕魏襄王为邺令，引漳水，灌邻田，以富河内，民歌颂之。⑬郑：郑国；白：白公。郑国，战国韩人，凿泾水，自中山西抵瓠口，为渠三百余里，关中遂成沃野。白公：汉武帝时人。太始二年，为赵中大夫，奏穿渠引泾水，首起谷口尾入栎阳，因名白渠。　　⑭匪躬：谓不顾自身之利害。　　⑮大农：即大司农。⑯九列：九卿之位。　　⑰六条：汉法，刺史以六条察二千石官：一豪强怙势；二侵渔百姓；三刑赏猥滥；四阿私蔽贤；五子弟请托；六骪法纳赇。　　⑱白藏：谓秋收。《尔雅》："秋为白藏。"注："气白而收藏。"　　⑲食乃人天：即人以食为天。　　⑳秔：同"粳"，谓稻之不黏而晚熟者。　　㉑庾：谓仓之无屋者。　　㉒京坻：绵长高大之丘陵；以喻堆积之丰富。㉓三农：指原农、隰农、平地农。　　㉔期思：春秋楚邑，西汉四直县，治今河南淮滨县东南。　　㉕庄：楚庄王，春秋时五霸之一。　　㉖召信臣：字翁卿。寿昌人。以明经甲科，累迁南阳太守，为民兴利，教化大行，号曰"召父"。

周末风俗

　　《春秋》终于敬王①三十九年庚申之岁西狩获麟②。又十四年，为贞定王③元年癸酉之岁，鲁哀公④出奔⑤，二年卒于有山氏⑥；《左传》以是终焉。又六十五年，威烈王⑦二十三年戊寅之岁，初命晋大夫魏斯⑧、赵籍⑨、韩虔⑩为诸侯。又一十七年，安王⑪十六年乙未之岁，初命齐大夫田和⑫为诸侯。又五十二年，显王⑬三十五年丁亥之岁，六国⑭以次称王，苏秦⑮为从⑯长。自此之后，事乃可得而纪。自《左传》之终以至此，凡一百三十三年⑰，史文阙轶，考古者为之茫昧。如春秋时，犹尊礼重信，而七国则绝不言礼与信矣。春秋时犹宗周王，而七国则绝不言王矣⑲。《史记·秦本纪》：孝公使公子少官率师会诸侯于逢泽以朝王。盖显王时。春秋时犹严祭祀，重聘享，而七国则无其事矣。春秋时犹论宗姓氏族，而七国则无一言及之矣。春秋时犹宴会赋诗，而七国则不闻矣。春秋时犹有赴告策书，而七国则无有矣。邦无定交，士无定主，此皆变于一百三十三年之间。史之阙文，而后人可以意推者也。不待始皇之并天下，而文武⑳之道尽矣。李康㉑《运命论》云："文薄之弊，渐于灵景㉒，辨诈之伪，成于七国㉓。驯至西汉，此风未改。故刘向㉔谓其"承千岁之衰周，继暴秦之余弊，贪饕险

123

诐，不闲义理"。观夫史之所录，无非功名势利之人，笔札喉舌之辈。而如董生㉕之言正谊明道者㉖，不一二见也。盖自春秋之后，至东京㉗而其风俗稍复乎古。吾是以知光武、明、章㉘果有变齐至鲁㉙之功，而惜其未纯乎道也。自斯以降，则宋庆历、元祐之间为优矣。嗟乎！论世而不考其风俗，无以明人主之功。余之所以斥周末而进东京，亦《春秋》之意也。

----

①敬王：名匄，周景王之子，在位四十四年。　②时在鲁哀公十四年。　③贞定王：名介，元王之子，在位二十八年。④鲁哀公：名蒋，定公之子，周敬王二十八年即位。⑤哀公欲以越伐三桓（鲁之三大夫，仲孙、叔孙、季孙，皆桓公之族）。为三桓所逐。　⑥有山氏：鲁大夫。　⑦威烈王：名午，考王子。在位二十四年。　⑧魏斯：谥文侯。　⑨赵籍：谥烈侯。　⑩韩虔：谥景侯。　⑪安王：名骄，威烈王子。在位二十六年。　⑫田和：即田太公。　⑬显王：名扁，安王子，在位四十八年。　⑭六国：指齐、秦、燕、赵、韩、魏。　⑮苏秦：战国洛阳人，说燕赵，合六国（燕、赵、韩、魏、齐、楚）之从。　⑯从：同"纵"，战国时南北相合以抗秦谓之"合从"。　⑰公元前467至前334年。　⑱孝公：名渠梁，献公子。　⑲事在孝公二十年，即显王二十七年。　⑳文武：周文王名昌；子武王名发，灭商为天子。㉑李康：字萧远，魏中山人。　㉒灵景：周灵王名泄心，在位

二十七年；子景王名贵，在位二十五年。　㉓七国：指齐、楚、燕、赵、韩、魏、秦。　㉔刘向：字子政，汉之宗室。㉕董生：汉广川人。长于经术，为汉大儒。　㉖"正其谊，不谋其利；明其道，不计其功。"董仲舒语。　㉗后汉都洛阳，在长安之东，故称其都为东京。又以之代东汉之称。　㉘光武：名秀，灭王莽，中兴汉室，在位三十三年。子庄嗣位，是为明帝，在位十八年。子炟嗣位，是为章帝，在位十三年。㉙"齐一变，至于鲁"，《论语》孔子语。

两汉风俗

汉自孝武①表章六经②之后，师儒虽盛，而大义未明，故新莽③居摄，颂德献符者遍于天下。光武有鉴于此，故尊崇节义，敦励名实，所举用者，莫非经明行修之人，而风俗为之一变。至其末造，朝政昏浊，国事日非，而党锢④之流，独行之辈，依仁蹈义，舍命不渝。"风雨如晦，鸡鸣不已。"⑤三代以下，风俗之美，无尚于东京者。故范晔⑥之论，以为"桓、灵⑦之间，君道秕⑧僻；朝纲日陵，国隙屡启，自中智以下，靡不审其崩离。而权强之臣，息其窥盗之谋；豪俊之夫，屈于鄙生之议"。《儒林传论》⑨"所以倾而未颓，决而未溃，皆仁人君子心力之为"。《左雄传论》⑩可谓知言者矣。使后代之主，循而弗革，即流风至今，亦何不可？而孟德⑪既有冀州，崇奖跅弛⑫之士。观其下令再三，至于求负污辱之名，见笑之行，不仁不孝，而有治国用兵之术者。建安二十二年八月令，十五年春令，十九年十二月令，意皆同。于是权诈迭进，奸逆萌生，故董昭⑬太和之疏，已谓"当今年少，不复以学问为本，专更以交游为业。国士不以孝悌清修为首，乃以趋势求利为先"。至正始之际，而一二浮诞之徒，骋其智识，蔑周、孔之书，习老、庄之教，风俗又为之一变。夫以经术之治，节义之防，光武、明、章数世为之而未足；毁方败常之俗，孟德一人变之而有余。后之人君，将树之风声，纳之轨物，以善俗而作人，不可不察乎此矣。

光武躬行俭约，以化臣下，讲论经义，常至夜分。一时功臣如邓禹⑭，有子十三人，各使守一艺，闺门修整，可为世法。贵戚如樊重⑮，三世共财，子孙朝夕礼敬，常若公家。以故东汉之世，虽人才之倜傥⑯不及西京，而士风家法，似有过于前代。

东京之末，节义衰而文章盛，自蔡邕⑰始。其仕董卓⑱，无守；卓死惊叹，无识。观其集中，滥作碑颂，则平日之为人可知矣。宋袁淑⑲《吊古文》："伯喈衔文而求入。"以其文采富而交游多，故后人为立佳传。嗟乎！士君子处衰季之朝，常以负一世之名而转移天下之风气者，视伯喈之为人，其戒之哉！

----

①孝武：即汉武帝，名彻，景帝子，在位五十四年。尊崇儒术，表章六经。　②六经：即《易》《诗》《书》《礼》《乐》《春秋》。　③新莽：汉孝元皇后之侄，字巨君。弑平帝，立孺子婴，莽摄政，号假皇帝。寻篡汉位，国号新。在位十五年，后为刘秀所灭。　④党锢：东汉桓帝时，宦官势盛。士大夫李膺等疾之，捕杀其党。宦官乃言李膺等与太学游士为朋党，诽谤朝廷。辞连二百余人，禁锢终身。故称"党锢"。灵帝时，李膺等复起用，谋诛宦官。李膺等百余人皆被杀。死徙废禁

者六七百人。　　⑤《诗·风雨篇》语。　　⑥范晔：字蔚宗，南北朝宋之顺阳人，著《后汉书》。　　⑦汉桓帝，名志，章帝子，在位二十一年。灵帝，名宏，亦章帝子，继桓帝后为帝，在位二十一年。　　⑧秕：子实不饱满，比喻政化之恶。　　⑨《后汉书》卷一百九。　　⑩《后汉书》卷九十一。左雄，字伯豪，南郡人。　　⑪孟德：曹操字。　　⑫跅弛：不自检束。⑬董昭：字公仁，魏定陶人。　　⑭邓禹：字仲华，新野人，封高密侯，卒谥元。　　⑮樊重：字君云，南阳人。子宏：为光武之舅。　　⑯倜傥：不羁。　　⑰蔡邕：东汉陈留人，字伯喈。董卓为司空，辟为祭酒。后卓被诛，邕在王允座，言之而叹，允即收付廷尉治罪，后死狱中。　　⑱董卓：字仲颖，临洮人。灵帝时拜前将军。帝崩，将兵入朝，废少帝，立献帝，弑何太后。王允诱卓将吕布杀之。　　⑲袁淑：字阳源，南朝宋人。

正　始

　　魏明帝①殂，少帝②史③称齐王即位，改元正始，凡九年。其十年，则太傅司马懿④杀大将军曹爽⑤，而魏之大权移矣。三国鼎立，至此垂三十年，一时名士风流，盛于洛下⑥。乃其弃经典而尚老、庄，蔑礼法而崇放达，视其主之颠危若路人然，即此诸贤为之倡也。自此以后，竞相祖述。如《晋书》⑦言：王敦⑧见卫玠⑨谓长史谢鲲⑩曰："不意永嘉之末，复闻正始之音。"沙门⑪支遁⑫，以清谈著名于时，莫不崇敬，以为造微之功，足参诸正始。《宋书》⑬言：羊玄保⑭二子，太祖⑮赐名，曰咸，曰粲。谓玄保曰："欲令卿二子有林下⑯正始余风。"王微⑰《与何偃⑱书》曰："卿少陶玄风，淹雅修畅，自是正始中人。"《南齐书》⑲言：袁粲⑳言于帝㉑曰："臣观张绪㉒，有正始遗风。"《南史》㉓言何尚之㉔谓王球㉕正始之风尚在。其为后人企慕如此。然而《晋书·儒林传序》云："摈阙里㉖之典经，习正始之余论；指礼法为流俗，目纵诞以清高。"此则虚名虽被于时流，笃论未忘乎学者。是以讲明六艺㉗，郑玄㉘、王肃㉙为集汉之终；演说老、庄，王弼㉚、何晏㉛为开晋之始。干宝㉜《晋纪总论》曰："风俗淫僻，耻尚失所。学者以庄、老为宗而黜六经，谈者以虚薄为辨而贱名检，行身者以放浊为通而狭节信，进仕者以苟得为贵而鄙居正，当官者以望空为高而笑勤恪。"以至国亡于上，教沦于下，羌戎互僭，君臣屡易，非林下诸贤之咎，而谁咎哉！

有亡国，有亡天下。亡国与亡天下奚辨？曰：易姓改号，谓之亡国；仁义充塞，而至于率兽食人，人将相食，谓之亡天下。魏晋人之清谈，何以亡天下？是孟子所谓杨墨㉝之言，至于使天下无父无君而入于禽兽者也。昔者嵇绍㉞之父康㉟被杀于晋文王㊱，至武帝㊲革命之时，而山涛㊳荐之入仕。绍时屏居私门，欲辞不就。涛谓之曰："为君思之久矣。天地四时，犹有消息，而况于人乎？"一时传诵，以为名言。而不知其败义伤教，至于率天下而无父者也。夫绍之于晋，非其君也；忘其父而事其非君，当其未死三十余年之间，为无父之人亦已久矣。而荡阴之死，何足以赎其罪乎？且其入仕之初，岂知必有乘舆败绩之事，而可树其忠名，以盖于晚也。自正始以来，而大义之不明，遍于天下。如山涛者，既为邪说之魁，遂使嵇绍之贤且犯天下之不韪而不顾。夫邪正之说，不容两立。使谓绍为忠，则必谓王裒㊴为不忠而后可也。何怪其相率臣于刘聪㊵、石勒㊶，观其故主青衣行酒而不以动其心者乎？是故知保天下，然后知保其国。保国者其君其臣，肉食者谋之；保天下者，匹夫之贱，与有责焉耳矣。

----

①魏明帝：名叡，文帝子，在位十三年。　②少帝：名

130

芳，武帝子任城王彰之子，明帝以为子，在位十四年。　　③史：谓《三国志》。　　④司马懿：字仲达，三国魏温县人。
⑤曹爽：字少伯，曹真子。明帝崩，与司马懿并受遗诏辅少主。封武安侯。为司马懿所杀。　　⑥洛下：魏都洛阳，亦称洛下。
⑦《晋书》：唐房乔等撰。　　⑧王敦：字处仲，晋元帝时为镇东大将军，据武昌反，帝以敦为丞相。明帝时又反。旋病死。
⑨卫玠：字叔宝，安邑人。丰神秀异，有璧人之目，好言玄理，为时推重。　　⑩谢鲲：字幼舆，陈国人。任达不拘。尝挑邻女，被投梭折齿。　　⑪沙门：僧也。　　⑫支遁：字道林，陈留人，世称支公。　　⑬《宋书》：梁沈约撰。　　⑭羊玄保：南朝宋太山人。　　⑮太祖：指宋文帝，名义隆，武帝子，在位三十年。　　⑯晋时，阮籍、嵇康、山涛、刘伶、阮咸、向秀、王戎七人常集于竹林之下，肆意酣畅，时称竹林七贤。后世因谓放达者为有林下风致。　　⑰王微：字景玄，宋琅邪人。
⑱何偃：字仲弘，庐江人。　　⑲《南齐书》：梁萧子显撰。
⑳袁粲：字君倩，南朝宋陈郡人，初名愍孙。废帝时秉政，后为萧道成杀于石头城。　　㉑帝：指宋明帝。　　㉒张绪：南齐吴郡人，字思曼。　　㉓《南史》：唐李延寿撰，纪南朝宋齐梁陈事。　　㉔何尚之：字彦德，偃之父。　　㉕王球：字倩玉，宋琅邪人。　　㉖阙里：指孔子故里。　　㉗六艺：即六经。
㉘郑玄：字康成，东汉高密人，师事马融，著书凡百余万言。今存者有《毛诗笺》《周礼礼记》《仪礼注》。　　㉙王肃：字子雍，王朗子，三国魏东海人。善贾逵马融之学，不好郑氏。采会同异，为《尚书》《诗》《论语》《礼》《左氏传》之解。

㉚王弼：字辅嗣，三国魏山阳人，注《易》及《老子》。

㉛何晏：字平叔，何进孙，三国魏宛人。好老庄言，与夏侯玄等竞为清谈，士大夫效之，遂成一时之风气。　㉜干宝：字令升，晋新蔡人，著《晋纪》三十卷，时称良史。　㉝杨墨：指杨朱、墨翟。　㉞嵇绍：字延祖，晋谯国人。十岁而孤，事母孝谨，累迁散骑常侍。惠帝败于荡阴，百官左右皆奔散，惟绍俨然端冕，以身卫帝。兵交御辇，飞箭雨集，遂被害。　㉟嵇康：字叔夜，魏人。有奇才俊辩。为司马昭所杀。　㊱晋文王：即司马昭，字子上，懿次子，兄师没，嗣为大将军，专国政，封晋王，赐天子礼乐。卒，谥文王。武帝受禅，追尊为文皇帝。　㊲武帝：姓司马，名炎，字安世，昭长子。嗣父昭为晋王，受魏禅，即帝位。在位二十五年。　㊳山涛：字巨源，晋怀人，与阮籍、嵇康等称"竹林七贤"。　㊴王裒：字伟元，晋营陵人，博学多能。父仪为司马昭所杀，终生不向西坐，示不臣晋。　㊵刘聪：匈奴人冒顿之后，汉高祖以宗女妻冒顿，约为兄弟，故其子孙遂冒称刘氏。至刘渊自称汉王。旋称帝，刘聪为刘渊第四子，字玄明，杀兄和自立。攻陷洛阳，执晋怀帝。舆群臣宴，使怀帝青衣行酒，寻鸩杀之。愍帝即位于长安，刘聪遣刘曜等陷之，帝出降，在位九年。谥昭武皇帝。　㊶石勒：字世龙，其先匈奴别部羌渠之胄。初为盗，后归刘渊。晋太兴中，叛前赵称王。旋杀刘曜称帝，史称后赵。十六国中，最为强盛。在位十五年。谥明帝。

宋世风俗

《宋史》①言："士大夫忠义之气，至于五季②，变化殆尽。宋之初兴，范质③、王溥④犹有余憾……艺祖首褒韩通⑤，次表卫融⑥，以示意向……真⑦、仁⑧之世，田锡⑨、王禹偁⑩、范仲淹⑪、欧阳修⑫、唐介⑬诸贤，以直言谠论倡于朝。于是中外缙绅，知以名节相高，廉耻相尚，尽去五季之陋。故靖康之变⑭，志士投袂，起而勤王，临难不屈，所在有之。及宋之亡，忠节相望。"⑮呜呼！观哀⑯、平⑰之可以变而为东京，五代之可以变而为宋，则知天下无不可变之风俗也。《剥·上九》之言硕果⑱也，阳穷于上，则复生于下矣⑲。

人君御物之方，莫大乎抑浮止竞。宋自仁宗在位四十余年，虽所用或非其人，而风俗醇厚，好尚端方。论世之士，谓之君子道长。及神宗⑳朝，荆公㉑秉政，骤奖趋媚之徒，深锄异己之辈。邓绾㉒、李定㉓、舒亶㉔、蹇序辰㉕、王子韶㉖诸奸，一时擢用，而士大夫有十钻之目。钻者，取必入之义。班固《答宾戏》："商鞅挟三术㉗以钻孝公。"《邓绾传》：以颂王安石得官，谓其乡人曰："笑骂从汝，好官须我为之。"干进之流，乘机抵隙。驯至绍圣、崇宁，而党祸大起，国事日非。膏肓之疾，遂不可治。后之人，但言其农田、水利、青苗、保甲诸法为百姓害，而不知其移人心、变士习为朝廷之害。其害于百姓者，可以一旦而更，而其害于朝廷者，历数十百年，滔滔之势，一往而不可反矣。李应中谓："自王安石用事，陷溺人心，至今不自知觉，人趋利而不知义，则主势日孤。"此可谓知言者也。《诗》曰："毋教猱㉘升木，如涂涂附。"夫使庆历之士风一变而为崇宁者，岂非荆公教猱之效哉！

《苏轼传》：熙宁初，安石创行新法。轼上书言："国家之所以存亡者，在道德之浅深，不在乎强与弱；历数之所以长短者，在风俗之厚薄，不在乎富与贫……臣愿陛下务崇道德而厚风俗，不愿陛下急于有功而贪富强……仁祖㉙持法至宽，用人有序，专务掩覆过失，未尝轻改旧章。考其成功则曰未至。以言乎用兵，则十出而九败；以言乎府库，则仅足而无余。徒以德泽在人，风俗知义，故升遐㉚之日，天下归仁。议者见其末年吏多因循，事不振举，乃欲矫之以苛察，齐之以智能，招来新进勇锐之人，以图一切速成之效，未享其利，浇风已成。多开骤进之门，使有意外之得，公卿侍从，跬步可图，俾常调之人，举生非望。欲望风俗之厚，岂可得哉？近岁朴拙之人愈少，巧进之士益多，惟陛下哀之救之！"当时论新法者多矣，未有若此之深切者。根本之言，人主所宜独观而三复也。

《东轩笔录》㉛："王荆公秉政，更新天下之务，而宿望旧人，议论不协。荆公遂选用新进，待以不次。故一时政事，不日皆举，而两禁台阁，内外要权，莫非新进之士也。

《石林燕语》③②："故事，在京职事官，绝少用选人者。熙宁初，稍欲革去资格之弊，始诏选举到可试用人，并令崇文院校书，以备询访差使。候二年取旨，或除馆职，或升资任，或只与合入差遣。时邢尚书恕③③，以河南府永安县主簿首为崇文院校书。胡右丞愈知谏院，犹以为太遽，因请，虽选人而未历外官与虽历任而不满者，皆不得选举。乃特诏邢恕与堂除近地，试衔知县。近岁不复用此例，自始登第直为禁从矣。"及出知江宁府，吕惠卿③④骤得政柄，有射羿③⑤之意。而一时之士，见其得君，谓可以倾夺荆公，遂更朋附之以兴大狱。寻荆公再召，邓绾反攻惠卿，惠卿自知不安，乃条列荆公兄弟之失数事面奏。上封惠卿所言，以示荆公。故荆公表有云：'忠不足以取信，故事事欲其自明；义不足以胜奸，故人人与之立敌。'盖谓是也。既而惠卿出亳州，荆公复相。承党人之后，平日肘腋尽去，而在者已不可信，可信者又才不足以任事。当日唯与其子雱③⑥机谋，而雱又死。知道之难行也，于是慨然复求罢去，遂以使相再镇金陵，未期纳节。久之，得会灵观使。"其发明荆公情事，至为切当。子曰："君子易事而难说也。"③⑦而《大戴礼》言："有人焉，容色辞气，其入人甚愉；进退周旋，其与人甚巧；其就人甚速，其叛人甚易。"③⑧迹荆公昔日之所信用者，不惟变士习，蠹民生，而己亦不享其利。苏辙疏吕惠卿，比之吕布③⑨、刘牢之⑩。《书》曰："其后嗣王，罔克有终，相亦罔终。"为大臣者，可不以人心风俗为重哉！

《东轩笔录》又曰："王荆公在中书，作《新经义》以授学者，故太学诸生，几及三千人。又令判监直讲程第诸生之业，处以上中下三舍，而人间传以为试中上舍者，朝廷将以不次升擢。于是轻薄书生，矫饰言行，坐作虚誉，奔走公卿之门者若市矣。"

苏子瞻《易传·兑卦解》曰："六三、上六，皆兑之小人，以说为事者，均也。六三履非其位，而处于二阳之间，以求说为兑者，故曰'来兑'，言初与二不招而自来也。其心易知，其为害浅，故二阳皆吉，而六三凶。上六超然于外，不累于物，此小人之托于无求以为兑者也，故曰'引兑'，言九五引之而后至也。其心难知，其为害深，故九五'孚于剥'。虽然，其心盖不知而贤之，非说其小人之实也。使知其实，则去之矣，故有厉而不凶。然则上六之所以不光，何也？曰，难进者君子之事也。使上六引而不兑，则其道光矣。"此论盖为神宗用王安石而发。孟子曰："好名之人，能让千乘之国；苟非其人，箪食豆羹见于色。"荆公当日处卑官，力辞其所不必辞，既显宜辞而不复⑪辞，矫情干誉之私，固有识之者矣。夫子之论观人也，曰："察其所安。"⑫又曰："色取仁而行违，居之不疑；在邦必闻，在家必闻。"⑬是则欺世盗名之徒，古今一也，人君可不察哉！

陆游《岁暮感怀诗》："在昔祖宗时，风俗极粹美。人材兼南北，议论忘彼此。谁令各植党，更仆而迭起？中更金源祸，此风犹未已。倘筑太平基，请自厚俗始。"

----

①《宋史》：元脱脱等奉敕撰，共四百九十六卷。　②五

136

季：即五代。　③范质：字文溥，宗城人。历官后唐后周，宋太祖时，封鲁国公，性卞急，以廉介自持。　④王溥：字齐物，祁人。曾仕后周。性宽厚，好汲引后进。　⑤韩通：字仲达，后周太原人。有勇力，官至检校太尉同平章事。宋太祖篡位以不屈死。太祖下诏褒之。　⑥卫融：博兴人。为北汉中书侍郎。宋太祖伐北汉，融被擒，将戮之，融大呼死得其所。太祖以为忠，释之。　⑦真：即真宗，名恒，太宗子，在位二十五年。⑧仁：即仁宗，名祯，真宗子，在位四十一年。　⑨田锡：字表圣，洪雅人。官谏议大夫，遇事敢言，不避权贵。　⑩王禹偁：字元之，钜野人。官右拾遗，遇事敢言，以直躬行道为己任。⑪范仲淹：字希文，吴县人，谥文正。立朝崇尚气节，风气为之一变。　⑫欧阳修：字永叔，谥文忠，庐陵人。能文章，正直敢言。　⑬唐介：字子方，江陵人。仁宗时，官殿中侍御史，以劾宰相文彦博被贬，直声动天下，士大夫称真御史。　⑭宋钦宗，名桓，徽宗子，在位二年，年号靖康。金陷汴京，虏钦宗及徽宗北去。　⑮语见《忠义传叙》。　⑯汉哀帝：名欣，元帝庶孙，定陶恭王子，在位六年。　⑰汉平帝，名衎，哀帝子，在位五年，为王莽所弑。　⑱《易·剥卦》："上九，硕果不食。"　⑲《易·序卦》："剥穷上反下，故受之以复。"⑳神宗：名顼，英宗子，在位十八年。　㉑王安石，字介甫，号半山，临川人。神宗时为相，封荆国公。谋改革政治，兴农田，水利，均输，保甲，免役，市易，保马，方田诸法，号为新法。物议沸腾，时名臣皆罢斥，新法卒无效。　㉒邓绾：字文约，双流人，以媚王安石得官。人有笑且骂者，绾曰："笑骂从汝好，官自我为之。"　　㉓李定：字眘深，扬州人。助安石行新法。以劾苏轼怨谤，为公论所恶。　　㉔舒亶：字信道，慈溪人。为王安石所擢用，举劾多私，掎摭善类，朝野侧目。　　㉕蹇序辰：字授之，双流人。哲宗朝，官中书舍人，同修国史。请类编元祐章牍，由是缙绅之祸，无一得脱者。　　㉖王子韶：字圣美，太原人。熙宁初，士大夫有十钻之目，子韶为"衙内钻"，指其交结要人子弟，如刀钻之利。　　㉗三术：谓帝道，王道，霸道也。㉘猱：猿属。　　㉙仁祖：即仁宗。　　㉚升遐：逝世。㉛《东轩笔录》：宋魏泰撰。　　㉜《石林燕语》：宋叶梦得撰，凡十卷。　　㉝邢恕：字和叔，阳武人。天性反覆，先后依附章惇及蔡京。　　㉞吕惠卿：字吉甫，晋江人。初附安石。后安石去位，遂加以倾害。　　㉟《孟子》："逢蒙学射于羿，尽羿之道。思天下惟羿为愈己，于是杀羿。"　　㊱王雱：字元泽。性敏甚，未冠已著书数万言。㊲见《论语》。　　㊳语见《文王官人》篇。　　㊴吕布：字奉先，后汉九原人。初事丁原，原见杀，继事董卓，誓为父子。后与王允共杀卓。　　㊵刘牢之：字道坚，晋彭城人。败苻坚，平孙恩，威名甚盛。晋廷命讨桓玄，遣子敬宣降玄。既敬宣劝牢之袭玄，犹豫不决，其下多散走，自缢死。　　㊶见《太甲》篇。　　㊷《宋史·王安石传》："先是馆阁之命屡下，安石屡辞，士大夫谓其无意于世，恨不识其面。朝廷每欲俾以美官，惟患其不就也。明年，同修起居注。辞之……上章至八九乃受。遂知制诰，纠察在京刑狱，自是不复辞官矣。"㊸见《论语》。

名　教

　　司马迁作《史记·货殖传》，谓"自廊庙朝廷岩穴之士，无不归于富厚。等而下之，至于吏士舞文弄法，刻章伪书，不避刀锯之诛者，没于赂遗"。而仲长敖①《核性赋》，谓："倮②虫三百，人最为劣。爪牙皮毛，不足自卫，唯赖诈伪，迭相嚼啮。等而下之，至于台隶童竖，唯盗唯窃。"乃以今观之，则无官不赂遗，而人人皆吏士之为矣；无守不盗窃，而人人皆童竖之为矣。自其束发读书之时，所以劝之者，不过所谓千钟粟、黄金屋，而一旦服官，即求其所大欲。君臣上下怀利以相接，遂成风流③，不可复制。后之为治者宜何术之操？曰：唯名可以胜之。名之所在，上之所庸④，而忠信廉洁者显荣于世。名之所去，上之所摈，而怙侈贪得者废锢于家。即不无一二矫伪之徒，犹愈于肆然而为利者。《南史》有云："汉世士务修身，故忠孝成俗，至于乘轩服冕，非此莫由。晋宋以来，风衰义缺。"⑤故昔人之言，曰名教，曰名节，曰功名，不能使天下之人以义为利，而犹使之以名为利。虽非纯王之风，亦可以救积污之俗矣。

　　《旧唐书》：薛谦光⑥为左补阙，上疏言："臣窃窥古之取士，实异于今。先观名行之源，考其乡邑之誉。崇礼让以励己，显节义以标信，以敦朴为先最，以雕虫为后科。故人崇劝让之风，士去轻浮之行。希仕者必修贞确不拔之操，行难进易退之规，众议已定其高下，郡将难诬其曲直。故计贡之贤愚，即州将之荣辱；假有秽行之彰露，亦乡人之厚颜。是以李陵降而陇西惭，干木⑦隐而西河美。故名胜于利，则小人之道消；利胜于名，则贪暴之风扇……自七国之季，虽杂纵横，而汉代求才，犹征百行。是以礼节之士，敏德自修，间里推高，然后为府寺所辟……今之举人，有乖事实。乡议决小人之笔，行修无长者之论，策第喧竞于州府，祈恩不胜于拜伏。或明制⑧才出，试遣搜敩⑨，驱驰府寺之门，出入王公之第。上启陈诗，唯希欷唾之泽；摩顶至足，冀荷提携之恩。故俗号举人，皆称觅举。觅者，自求之称也……夫徇己之心切，则至公之理乖；贪仕之性彰，则廉洁之风薄。是知府命虽高，异叔度⑩勤勤之让；黄门已贵，无秦嘉⑪耿耿之辞。纵不能把己推贤，亦不肯待于三命。故选司补置，喧然于礼闱⑫；州贡宾王，争讼于阶闼。谤议纷合，浸以成风。夫竞荣者必有争利之心，谦逊者亦无贪贿之累。自非上智，焉能不移；在于中人，理由习俗。若重谨厚之士，则怀禄者必崇德以修名；若开趋竞之门，则徼倖者皆戚施⑬而附会。附会则百姓罹其弊，修名则兆庶蒙其福。风化之渐，靡不由兹。"嗟乎，此言可谓切中今时之弊矣！

汉人以名为治，故人材盛；今人以法为治，故人材衰。

140

宋范文正《上晏元献⑭书》曰："夫名教不崇，则为人君者谓尧舜不足法，桀纣不足畏。为人臣者谓八元⑮不足尚，四凶⑯不足耻。天下岂复有善人乎？人不爱名，则圣人之权去矣。"

今日所以变化人心，荡涤污俗者，莫急于劝学奖廉二事。天下之士，有能笃信好学，至老不倦，卓然可当方正有道之举者，官之以翰林国子之秩，而听其出处，则人皆知向学而不竞于科目矣。庶司之官，有能洁己爱民，以礼告老，而家无儋石⑰之储者，赐之以五顷十顷之地，以为子孙世业，而除其租赋，复其丁徭。则人皆知自守而不贪于货赂矣。岂待蒥川再遣，方收牧豕之儒；公孙弘⑱优孟⑲陈言，始录负薪之胤。公孙敖而扶风之子，特赐黄金，尹翁归⑳涿郡之贤，常颁羊酒，韩福㉑遂使名高处士，德表具僚，当时怀稽古之荣，没世仰遗清之泽。不愈于科名爵禄劝人，使之干进而饕利者哉？以名为治，必自此涂始矣。

汉平帝元始中诏曰："汉兴以来，股肱在位，身行俭约，轻财重义，未有若公孙弘者也。位在宰相封侯，而为布被脱粟之饭；奉㉒禄以给故人宾客，无有所余，可谓减于制度应劭㉓曰："礼贵有常尊，衣服有品。"而率下笃俗者也。与内富厚而外为诡服以钓虚誉者殊科……其赐弘后子孙之次见㉔为适㉕者爵关内侯，食邑三百户。"

《魏志》：嘉平六年，朝廷追思清节之士，诏赐故司空徐邈㉖、征东将军胡质㉗、卫尉田豫㉘家谷二千斛、帛三十束，布告天下。后魏宣武帝㉙延昌四年诏曰："故处士李谧㉚

屡辞征辟，志守冲素，儒隐之操，深可嘉美。可远傍惠康，近准率晏，谥曰贞静处士，并表其门闾，以旌高节。《唐六典》㉛：若蕴德丘园，声实明著，虽无官爵，亦赐谥曰先生。"存者赐之以先生之号，殁者则加之以谥。如杨播隐居不仕，至德中赐号玄靖先生是也。《宋史》同。以余所见，崇祯中尝用巡按御史祁彪佳㉜言，赠举人归子慕㉝、朱陛宣㉞为翰林院待诏。

《唐书》："牛僧孺㉟……隋仆射奇章公弘㊱之裔。幼孤，下杜樊乡有赐田数顷，依以为生。"则知隋之赐田，至唐二百年而犹其子孙守之。若金帛之颁，廪禄之惠，则早已化为尘土矣。国朝正统中，以武进田赐礼部尚书胡濙㊲，其子孙亦至今守之。故窃以为奖廉之典，莫善于此。

- -

①仲长敖：唐人，有集二卷。　②倮：赤体。　③风流：犹言风气。　④庸：用。　⑤见《孝义传论》。⑥薛谦光：薛登，义兴人，本名谦光，以与太子同名，赐名登。⑦干木：姓段，战国魏人，游西河，师事卜子夏。魏文侯往见，段干木逾垣避之。段干姓，木名。　⑧制：避武后讳，由"诏"改"制"。武后，武曌：唐高宗之后。高宗崩，临朝称制。废中宗立睿宗，改国号周。谥则天皇后，在位二十一年。　⑨敫：《集韵》通作"易"。　⑩叔度：黄宪，字叔度，东汉汝南人。初举孝廉，又辟公府。友人劝其仕，宪亦不拒之。暂到京师而还，竟无所就。　⑪秦嘉：字士会，东汉陇西人，为郡上计掾，妻徐淑，寝疾还家，不获面别，赠以诗，嘉亦以诗答之。　⑫唐称礼部为礼闱。　⑬戚施：有丑疾之人，背曲而不能仰者；以

状趋奉之丑态。　⑭晏元献：即晏殊，字同叔，宋临川人，卒谥元献。　⑮《左传》："高辛氏有才子八人：伯奋、仲堪、叔献、季垂、伯虎、仲熊、叔豹、季狸，天下谓之八元。"⑯舜流四凶族，即浑敦、穷奇、梼杌、饕餮也。　⑰儋：同"担"。《通雅》："《汉书》一石为石，再石为儋，言人担之也。"　⑱公孙弘：字季，汉菑川人。少时，家贫，牧豕海上。武帝即位，招贤良文学之士，弘以贤良为博士。使匈奴还报，不合帝意，免归。旋有诏征文学，菑川国复推上弘，拜为博士。⑲优孟：优者倡优也，孟其字。春秋楚人。楚相孙叔敖尝善待之。敖死，其子穷困负薪。孟为言于楚庄王，乃封其子。　⑳尹翁归：字子兄，汉河东人，徙杜陵。守右扶风，卒后，家无余财。天子贤之，诏赐其子黄金百斤。　㉑韩福：涿郡人，以德行征至京师。诏长吏以时存问，常以岁八月赐羊一头，酒二斛。㉒奉：同"俸"。　㉓应劭：字仲远，后汉南顿人。唐颜师古注《汉书》多引其注。　㉔见：同"现"。　㉕适：同"嫡"。　㉖徐邈：字景山，蓟人。　㉗胡质：字文德，寿春人。　㉘田豫：字国让，渔阳人。　㉙宣武帝：姓元，名恪，孝文帝次子，在位十六年。　㉚李谧：涿郡人，字永和。㉛《唐六典》：唐玄宗撰，共三十卷。　㉜祁彪佳：字宏吉，山阴人。　㉝归子慕：字季思，昆山人，有光子。学者称清远先生。　㉞朱陛宣：未详。　㉟牛僧孺：字思黯。宁宗时与李宗闵对策，条指失政，以方正敢言进身。后与宗闵相结，怀私昵党，排斥所憎，权震天下。时称牛李。　㊱奇章公弘：鹑觚人，字里仁。封奇章郡公。　㊲胡濙：字源洁，武进人。建文进士，历礼部尚书，加少傅，谥忠安。

143

廉　耻

　　《五代史①·冯道②传论》曰："'礼义廉耻，国之四维。四维不张，国乃灭亡。'③善乎管生④之能言也！礼义治人之大法，廉耻立人之大节。盖不廉则无所不取，不耻则无所不为。人而如此，则祸败乱亡，亦无所不至。况为大臣而无所不取，无所不为，则天下其有不乱，国家其有不亡者乎？"然而四者之中，耻尤为要。故夫子之论士曰："行己有耻。"⑤孟子曰："人不可以无耻，无耻之耻，无耻矣。"⑥又曰："耻之于人大矣，为机变之巧者，无所用耻焉。"所以然者，人之不廉而至于悖礼犯义，其原皆生于无耻也。故士大夫之无耻，是谓国耻。吾观三代以下，世衰道微，弃礼义，捐廉耻，非一朝一夕之故。然而松柏后凋于岁寒，鸡鸣不已于风雨，彼昏之日固未尝无独醒之人也。顷读《颜氏家训》⑦，有云："齐朝一士夫，尝谓吾曰：'我有一儿，年已十七，颇晓书疏。教其鲜卑语，及弹琵琶，稍欲通解，以此伏事公卿，无不宠爱。'吾时俯而不答。异哉此人之教子也，若由此业自致卿相，亦不愿汝曹为之。"嗟乎！之推⑧不得已而仕于乱世，犹为此言，尚有《小宛》诗人之意。彼阉然媚于世者，能无愧哉？

罗仲素⑨曰："教化者朝廷之先务，廉耻者士人之美节，风俗者天下之大事。朝廷有教化，则士人有廉耻；士人有廉耻，则天下有风俗。"

古人治军之道，未有不本于廉耻者。《吴子》⑩曰："凡制国治军，必教之以礼，励之以义，使有耻也。"夫人有耻，在大足以战，在小足以守矣。《尉缭子》⑪言："国必有慈孝廉耻之俗，则可以死易生。"而太公对武王，将有三胜：一曰礼将，二曰力将，三曰止欲将⑫。故礼者所以班朝治军，而《兔罝》⑬之武夫，皆本于文王后妃之化。岂有淫刍荛，窃牛马，而为暴于百姓者哉？《后汉书》："张奂⑭为安定属国都尉。羌豪帅感奂恩德，上马二十匹，先零⑮酋长又遗金镮⑯八枚。奂并受之，而召主簿于诸羌前，以酒酹⑰地曰：'使马如羊，不以入厩，使金如粟，不以入怀。'悉以金马还之。羌性贪而贵吏清，前有八都尉，率好财货，为所患苦。及奂，正身洁己，威化大行。"呜呼！自古以来，边事之败，有不始于贪求者哉？吾于辽东之事有感。

杜子美诗："安得廉颇⑱将，三军同晏眠。"一本作"廉耻将"。诗人之意，未必及此，然吾观《唐书》，言："王侁⑲为武灵节度使，先是吐蕃⑳欲成乌兰桥，每于河壖㉑先贮材木，皆为节帅遣人潜载之，委于河流，终莫能成。蕃人知侁贪而无谋，先厚遗之，然后并役成桥，仍筑月城守之。自是朔方御寇不暇，至今为患。"由侁之黩货也。故贪夫为帅，而边城晚开。得此意者，郢书燕说㉒，或可以治国乎。见《韩非子》。

145

①《五代史》：有新旧两种。《旧五代史》，宋太宗时薛居正撰。仁宗时，欧阳修重加修定，为《新五代史》。此指《新五代史》。　②冯道：字可道，后周景威人。历事后唐、后晋、后汉、后周朝，自号长乐老，作《长乐老叙》，陈己官爵以为荣。③语见《管子》。　④管仲：名夷吾，春秋时齐桓公之贤相，相桓公成霸业。　⑤见《论语》。　⑥语见《孟子·尽心上》，"无耻之耻，无耻矣"，谓人能以无耻之为耻，则终身无复有耻辱之累。　⑦《颜氏家训》：隋颜之推撰，述立身治家之法以训子孙者。　⑧之推：字介，临沂人。初仕梁，后奔北齐。齐亡仕周。隋开皇中，太子召为学士。　⑨罗从彦，字仲素。宋南剑人。学者称豫章先生。　⑩《吴子》：周吴起撰。古兵书。　⑪《尉缭子》：亦兵书。　⑫语见《六韬》。⑬《诗经》篇名。中有"赳赳武夫，公侯干城"语，诗序以为"兔罝，后妃之化也"。　⑭张奂：字然明，敦煌人。　⑮零：读如连，汉时羌族。　⑯镶：《后汉书》注引郭璞注《山海经》云："金食器名，未详形制。"　⑰以酒沃地曰酹（lèi）。⑱廉颇：战国时赵之良将。　⑲王似：李晟之甥。　⑳吐蕃：唐时羌族，据有今之西藏。　㉑堨：水滨地。亦作埉。㉒郢书燕说：典出《韩非子》："郢人有遗燕相国书者，夜书，火不明。因谓持烛者曰：举烛。云而过书'举烛'。举烛非书意也。燕相受书而说之，曰：举烛者，尚明也；尚明也者举贤而任之。燕相白王，大说。国以治。治则治矣，非书意也。"

俭　约

国奢示之以俭①，君子之行，宰相之事也。汉汝南许劭②为郡功曹，同郡袁绍③，公族豪侠，去濮阳令归，车徒甚盛。入郡界，乃谢曰："吾舆服岂可使许子将见之？"遂以单车归家。晋蔡充④好学，有雅尚，体貌尊严，为人所惮。高平刘整，车服奢丽。尝语人曰："纱縠吾服其常耳，遇蔡子尼在坐而经日不自安。"北齐李德林⑤父亡，时正严冬，单衰徒跣，自驾灵舆，反葬博陵。崔谌休假还乡，将赴吊，从者数十骑，稍稍减留。比至德林门，才余五骑。云："不得令李生怪人熏灼。"李僧伽⑥修整笃业，不应辟命。尚书袁叔德⑦来候僧伽，先减仆从，然后入门。曰："见此贤令，吾羞对轩冕。"夫惟君子之能以身率物者如此，是以居官而化一邦，在朝廷而化天下。

魏武帝时，毛玠⑧为东曹掾，典选举，以俭率人，天下之士莫不以廉节自励，虽贵宠之臣，舆服不敢过度。唐大历末，元载⑨伏诛，拜杨绾⑩为相。绾质性贞廉，车服俭朴，居庙堂未数日，人心自化。御史中丞崔宽⑪，剑南西川节度使宁之弟，家富于财。有别墅在皇城之南，池馆台榭，当时第一。宽即日潜遣毁撤。中书令郭子仪⑫，在邠州行营，闻绾拜相，坐中音乐，减散五分之四。京兆尹黎幹⑬，每出入驺从百余，亦即日减损，惟留十骑而已。李师古⑭跋扈，惮杜黄裳⑮为相，命一干吏寄钱数千缗，毡车子一乘。使者到门未敢送，伺候累日，有绿舆自宅出，从婢二人，青衣襦缕，言是相公夫人。使者遽归告师古，师古折其谋，终身不敢改节。此则禁郑人之泰侈，奚必于三年⑯？变洛邑之矜夸，无烦乎三纪。修之身，行之家，示之乡党而已，道岂远乎哉？

----

①《礼》："国奢，示之以俭；国俭，示之以礼。"
②许劭：字子将，平舆人。少峻名节，好核论乡党人物，每月辄更其品题，故汝南俗有"月旦评"。　③袁绍：字本初。高祖父安，为汉司徒；自安以下，四世居之公位。尝与何进谋诛宦官，后又起兵讨董卓。　④蔡充：《晋书》作克，字子尼。陈留人。　⑤李德林：字公辅，博林人。　⑥李僧伽：为博陵望族，兄为仆射。　⑦袁聿修，字叔德，陈郡人，北齐时为尚书郎。　⑧毛玠：字孝先，平丘人。　⑨元载：字公辅，岐山人。代宗时官中书侍郎，大历十三年，以贪渎赐死。　⑩杨绾：字公权，华阴人。卒谥文简。　⑪崔宽：卫州人。以深结元载为御史中丞。在蜀甚奢侈。后朱泚反，卢杞诬宁附泚，缢杀之。　⑫郭子仪：字子仪，华州人。以平安史之乱，封汾阳王。卒谥忠武。　⑬黎幹：戎州人。代宗时，为京兆尹，甚贪暴。德宗时赐死。　⑭李师古：高丽人，继其父纳为平卢节度使。　⑮杜黄裳：字遵素，万年人，相德宗，削平藩镇。
⑯郑子产为政，大人之忠俭者从而舆之，泰侈者因而毙之。从政一年，人欲杀之，及三年，众大悦服。

大　臣

《记》曰："大臣法，小臣廉，官职相序，君臣相正，国之肥也。"①故欲正君而序百官，必自大臣始。然而王阳②黄金之论，时人既怪其奢；公孙③布被之名，直士复讥其诈。则所以考其生平而定其实行者，惟观之于终，斯得之矣。

"季文子④卒，大夫入敛。公在位，宰庀⑤家器为葬备，无衣帛之妾，无食粟之马，无藏金玉，无重器备，君子是以知季文子之忠于公室也。相三君⑥矣，而无私积，可不谓忠乎？"⑦诸葛亮自表后主曰："成都有桑八百株，薄田十五顷，子孙衣食，悉仰于家，自有余饶。至于臣在外任，无别调度，随身衣食，悉仰于官，不别治生，以长尺寸。若臣死之日，不使内有余帛，外有赢财，以负陛下。"及卒，如其所言。夫廉不过人臣之一节，而左氏称之为忠，孔明以为无负者，诚以人臣之欺君误国，必自其贪于货赂也。夫居尊席腆，润屋华身，亦人之常分尔。岂知高后⑧降之弗祥，民人生其怨诅，其究也乃与国而同败邪？诚知夫大臣家事之丰约，关于政化之隆污，则可以审择相之方而亦得富民之道矣。

杜黄裳元和之名相，而以富厚蒙讥⑨。卢怀慎⑩开元之庸臣，而以清贫见奖。是故贫则观其所不取，此卜相之要言。

----

①语见《礼记·礼运》。　②王吉，字子阳，汉琅邪人，世称王阳。宣帝时官谏大夫。子崇，平帝时为大司空。自吉至崇世名清廉，皆好车马衣服。其自奉养极为鲜明，而亡金银锦绣之物。及迁徙去处，所载不过囊衣，不蓄积余财。去住家居，亦布衣疏食。天下服其廉而怪其奢。故俗传王阳能作黄金。　③公孙：即公孙弘。弘为御史大夫，为布被，食一肉脱粟饭。汲黯，尝谓武帝曰："弘位在三公，奉禄甚多，然为布被，此诈也。"④季文子：鲁大夫季孙氏，名行父，卒于鲁襄公五年，即周灵王四年。　⑤庀：具也。　⑥三君：谓宣公、成公、襄公。⑦语见《左传·襄公五年》。　⑧高后：谓天也。　⑨《旧唐书》称裳为宰相，除授不分流品，或官以贿迁，时论惜之。殁后，贿赂事发。御史奏黄裳纳邠宁节度使高崇文钱四万五千缗，按故吏吴凭及黄裳子载，辞服。　⑩卢怀慎：滑州人。《唐书》称其清俭不营产，虽贵而妻子犹寒饥。及治丧，家无留储。

150

除　贪

汉时赃罪被劾，或死狱中，或道自杀。唐时赃吏多于朝堂决杀，其特宥者乃长流岭南。睿宗①太极元年四月制：官典主司枉法，赃一匹已上，并先决一百②。而改元及南郊赦文每曰："大辟罪已下，已发觉未发觉，已结正未结正，系囚见徒，罪无轻重，咸赦除之。官典犯赃，不在此限。"然犹有左降遐方，谪官蛮徼者。而卢怀慎重以为言，谓："屈法惠奸，非正本塞源之术。"③是知乱政同位，商后作其丕刑；贪以败官，《夏书》训之必杀④。三代之王，罔不由此道者矣。

宋初，郡县吏承五季之习，黩货厉民，故尤严贪墨之罪。开宝三（四）年，董（王）⑤元吉守英州，受赃七十余万，帝以岭表初平，欲惩掊克⑥之吏，特诏弃市。而南郊大赦⑦，十恶⑧故劫杀，及官吏受赃者不原。史言："宋法有可以得循吏者三，而不赦犯赃其一也。"⑨天圣以后，士大夫皆知饬簠簋⑩而厉廉隅，盖上有以劝之矣。《石林燕语》："熙宁中，苏子容⑪判审刑院，知金州张仲宣坐枉法赃，论当死。故事，命官以赃论死，皆贷命杖脊，黥配海岛。子容言：'古者刑不上大夫，可杀则杀。仲宣五品官，今杖而黥之，得无辱多士乎？'乃诏免黥杖，止流岭外。自是途以为例。"然惩贪之法，亦渐以宽矣。于文定⑫慎行谓："本朝姑息之政，甚于宋世。败军之将，可以不死；赃吏巨万，仅得罢官。而小小刑名，反有凝脂⑬之密，是轻重胥失之矣。"盖自永乐时赃吏谪令戍边，宣德中，改为运砖纳米赎罪，浸至于宽，而不复究前朝之法也。宣德中，都御史刘观⑭坐受赃数千金论斩。上曰："刑不上大夫。观虽不善，朕终不忍加刑。"命遣戍辽东。正统初，遂多特旨曲宥。呜呼！法不立，诛不必，而欲为吏者之毋贪，不可得也。人主既委其太阿⑮之柄，而其所谓大臣者，皆刀笔筐箧之徒，毛举细故，以当天下之务，吏治何由而善哉？

《北梦琐言》："后唐明宗⑯尤恶墨吏。邓州留后陶玘，为内乡令成归仁所论，税外科配⑰，贬岚州司马。掌书记王惟吉夺历任告敕⑱，长流绥州。亳州刺史李邺，以赃秽赐自尽。汴州仓吏犯赃，内有史彦珣旧将之子，又是驸马石敬瑭亲戚，王建立奏之，希免死。上曰：'王法无私，岂可徇亲？'"⑲"供奉官丁延徽，巧事权贵，监仓犯赃，侍卫使张从宾方便救之。上曰：'食我厚禄，盗我仓储，苏秦复生，说我不得。'并戮之。"⑳以是在五代中，号为小康之世。

《册府元龟》载：天成㉑四年十二月，蔡州西平县令李商，为百姓告陈不公，大理寺断止赎铜。敕旨："李商招愆，俱在案款，大理定罪，备引格条。然亦事有所未图，理有所未尽。古之立法，意在惜人。况自列圣相承，溥天无事，人皆知禁，刑遂从轻。丧乱以来，廉耻者少。朕一临寰

152

海，四换星灰㉒，常宣无外之风，每革从前之弊，惟期不滥，皆守无私。李商不务养民，专谋润己。初闻告不公之事件，决彼状头㉓，又为夺有主之庄田，挞其本户。国家给州县篆印，只为行遣公文，而乃将印历下乡，从人户取物。据兹行事，何以当官？宜夺历任官，杖杀。"㉔读此敕文，明宗可谓得轻重之权者矣。

《金史》："大定十二年，咸平尹石抹阿没剌以赃死于狱。上谓其不尸诸市，已为厚幸。贫穷而为盗贼，盖不得已；三品职官，以赃至死，愚亦甚矣。其诸子皆可除名。"㉕夫以赃吏而锢及其子，似非恶恶止其身之义。然贪人败类，其子必无廉清。则世宗㉖之诏，亦未为过。《汉书》言："李固、杜乔，朋心合力，致主文宣。"㉗而孝桓㉘即位之诏有曰："赃吏子孙，不得详举。"㉙岂非汉人已行之事乎？

《元史》："至元十九年九月壬戌，敕中外官吏赃罪，轻者决杖，重者处死。"㉚

有庸吏之贪，有才吏之贪。《唐书·牛僧孺传》："穆宗初，为御史中丞。宿州刺史李直臣，坐赃当死。中贵人为之申理。帝曰：'直臣有才，朕欲贷而用之。'僧孺曰：'彼不才者，持禄取容耳。天子制法，所以束缚有才者。安禄山、朱泚以才过人，故乱天下。'帝是其言，乃止。"㉛今之贪纵者，大抵皆才吏也。苟使之惕于法而以正用其才，未必非治世之能臣也。

《后汉书》称："袁安为河南尹，政号严明，然未尝以赃罪鞫人。"[32]此近日为宽厚之论者所持以为口实。乃余所见，数十年来，姑息之政，至于纲解纽弛，皆此言贻之敝矣。嗟乎！范文正有言："一家哭，何如一路哭耶？"[33]

朱子谓："近世流俗，惑于阴德之论，多以纵舍有罪为仁。"[34]此犹人主之以行赦为仁也。孙叔敖断两头蛇，而位至楚相，亦岂非阴德之报邪？

唐《柳氏家法》："居官不奏祥瑞，不度僧道，不贷赃吏法。"[35]此今日士大夫居官者之法也。宋包拯戒子孙："有犯赃者不得归本家，死不得葬大茔。"[36]此今日士大夫教子孙者之法也。

---

①睿宗：名旦，唐高宗子。武后废中宗，立为帝，不使预政。其第七年（690），武后改唐为周，立旦为皇嗣。武后崩，中宗复位，中宗为韦后所弑睿宗复即位。在位三年，传位于太子隆基。　②见《旧唐书》卷七《睿宗纪》。　③见《旧唐书》卷九八《卢怀慎传》。　④《左传》昭公十四年，叔向谓贪以败官为墨。《夏书》曰昏墨贼杀。　⑤《宋史》卷二〇〇《刑法志》载："开宝四年，冬十月庚午，太子洗马王元吉坐赃弃市。"《续资治通鉴》谓："坐知英州月余多受赃私故也"。此处作"三年"及"董元吉"均误。　⑥掊克：聚敛民财。⑦王隐《晋书》："咸宁二年十二月，帝乃设坛受命南郊，幸太极殿前，大赦天下。"　⑧旧刑律有十恶，犯者不赦：一谋

反，二谋大逆，三谋叛，四恶逆，五不道，六大不敬，七不孝，八不睦，九不义，十内乱。　⑨见《宋史·循吏传》叙。

⑩《汉书·贾谊传》："古者大臣有坐不廉而废者，不谓不廉，曰簠簋不饬。"师古注："簠簋所以盛饭也。方曰簠，圆曰簋。"　⑪苏颂，字子容，泉州人。　⑫于文定：字可远，更字无垢，卒谥文定，明东河人。　⑬《诗》："肤如凝脂。"谓柔滑也，无严密之意。疑当作"凝网"。汉崔寔文："凝网重罚。"　⑭刘观：雄县人。宣宗时，为左都御史，出视河道，以受赃被劾。　⑮太阿：剑名。古语，太阿倒持，受人以柄。　⑯后唐明宗：名嗣源，李克用养子，在位八年。⑰科配：犹今言"摊派"，谓临时加增之租税，按户口或田亩，断令各纳若干者。　⑱告敕：亦称"诰敕"，"诰命"，官吏受封之词。　⑲以上见《北梦琐言》卷十八。　⑳丁延徽事见卷十九。　㉑后唐明宗年号，凡四年。　㉒星一年一周天；葭莩之灰古以占候，如冬至节律中黄钟之宫，则黄钟管之葭灰飞动。四换星灰，即谓经四年也。　㉓状头：谓讼状列首名之人。　㉔见《册府元龟》卷一五四明罚门。　㉕《金史》卷四五《刑法志》。　㉖世宗：名襃，金太祖孙，在位二十九年。　㉗语出《后汉书》卷九三《李杜传》赞。李固：字子坚，汉中人。顺帝时对策为议郎。冲帝即位，以固为太尉。梁冀杀质帝，固与杜乔等议拥清河王蒜，冀恶之，策免固，立桓帝。卒为冀所杀。杜乔：字叔荣，河内人。亦以忤梁冀被杀。文宣指汉文帝、宣帝。　㉘孝桓：名志，章帝子，在位二十一年。㉙见《后汉书》卷七《桓帝纪》。阎若璩曰："按桓即位于闰六

155

月庚寅。先三日丁亥,李固策免;杜乔为太尉,在次年之六月。诏乃即位后四十四日丙戌下,于李杜皆不相涉。" ㉚见《元史》卷十二《世祖纪》。 ㉛见《新唐书》卷一七四。

㉜见《后汉书》七五。袁安:字邵公,汝南人。章帝时为司徒。㉝范仲淹取班簿,视不才监司,一笔勾之。富弼曰:"范十二丈一笔勾去,焉知一家哭矣。"仲淹曰:"一家哭,何如一路哭耶?"参见《五朝名臣言行录》卷七。 ㉞见《朱文公集》卷四五《答廖子晦》。"仁",原作"能"。 ㉟柳公绰,子仲郢,孙璧,玭;弟公权,公谅,理家甚严,子弟克奉诫训。当世言家法者,世称柳氏。见《旧唐书》卷一六五《柳公绰传》。㊱见《宋史》卷三一六。包拯:字希仁,合肥人。仁宗时除龙图阁直学士,历知开封府,迁右司郎中,立朝刚毅,人皆惮之。

贵 廉

汉元帝时，贡禹①上言："孝文皇帝时，贵廉洁，贱贪污，贾人赘婿，及吏坐赃者，皆禁锢不得为吏。赏善罚恶，不阿亲戚。罪白者伏其诛，疑者以与民，师古曰：'罪疑惟轻也。'亡赎罪之法。亡，无同。故令行禁止，海内大化，天下断狱四百，与刑错②亡异。武帝始临天下，尊贤用士，辟地广境数千里。自见功大威行，遂从耆③欲。用度不足，乃行一切之变，使犯法者赎罪，入谷者补吏。是以天下奢侈，官乱民贫，盗贼并起，亡命④者众。郡国⑤恐伏其诛，则择便巧史书，习于计簿，能欺上府者，以为右职。师古曰：'上府谓所属之府。右职，高职也。'奸轨不胜，则取勇猛能操切⑥百姓（者）⑦，以苛暴威服下者，使居大位。故亡义而有财者显于世，欺谩⑧而善书者尊于朝，悖⑨逆而勇猛者贵于官。故俗皆曰：'何以孝弟为？财多而光荣。何以礼义为？史书而仕宦。何以谨慎为？勇猛而临官。'故黥、劓而髡、钳者，犹复攘臂为政于世。行虽犬彘，家富势足，目指气使，是为贤耳。师古曰：'动目以指物，出气以使人。'故谓居官而置富者为雄杰，处奸而得利者为壮士。兄劝其弟，父勉其子，俗之败坏，乃至于是。察其所以然者，皆以犯法得赎罪，求士不得真贤，相、守崇财利。师古曰：'相，诸侯相也；守，郡守也。'诛不行之所致也。今欲兴至治，致太平，宜除赎罪之法；相、守选举不以实，及有赃者，辄行其诛，亡但免官，则争尽力为善。贵孝弟，贱贾人，进真贤，举实廉，而天下治矣。"⑩

呜呼！今日之变，有甚于此。自神宗以来，黩货之风，日甚一日，国维不张，而人心大坏，数十年于此矣。《书》曰："不肩好货，敢恭生生⑪；鞠人谋人之保居，叙钦。"⑫必如是而后可以立太平之本。

"禹又欲今近臣自诸曹侍中⑬以上，家亡得私贩卖，与民争利。犯者辄免官削爵，不得仕宦。"⑭此议今亦可行。自万历以后，天下水利碾硙，场渡市集，无不属之豪绅，相沿以为常事矣。

----

①贡禹：字少翁，琅邪人。元帝称其有伯夷之廉，史鱼之直。累官至御史大夫。　②刑错：刑废而不用也。　③从：读为"纵"。耆：读为"嗜"。　④命：名也；亡命：言背其名籍而逃亡也。　⑤汉高祖分天下为国与郡二种：郡，为天子直辖；国，以封同姓及异姓之王。　⑥操：持也；切：刻也；操切：期法令之必行而不体恤民情也。　⑦者：依刘攽说删。　⑧谩：诈也。　⑨悖：乱也。　⑩《汉书》卷七二《贡禹传》。　⑪肩：任也。敢：进取。恭：读为共，给也。生生：犹生息，谓贷钱于人以取息也。谓不任用贪货盘剥之人。　⑫《商书·盘庚》篇。鞠：养也。钦：兴也。谓能谋养人，使万

158

民安居乐业者，则以其爵等登用之也。　　⑬汉置尚书四人，为四曹；诸曹：诸尚书也。侍中：禁中分掌乘舆服物之官。⑭《汉书》卷七二《贡禹传》。

著书之难

子书自《孟》《荀》之外，如《老》《庄》《管》《商》《申》《韩》，皆自成一家言。至《吕氏春秋》《淮南子》则不能自成，故取诸子之言，汇而为书，此子书之一变也。今人书集一一尽出其手，必不能多，大抵如《吕览》①《淮南》之类耳。其必古人之所未及就，后世之所不可无，而后为之，庶乎其传也与？

宋人书如司马温公《资治通鉴》，马贵与《文献通考》②，皆以一生精力成之，遂为后世不可无之书。而其中小有舛漏，尚亦不免。若后人之书，愈多而愈舛漏，愈速而愈不传。所以然者，其视成书太易，而急于求名故也。

伊川先生③晚年作《易传》成，门人请授。先生曰："更俟学有所进。子④不云乎，忘身之老也，不知年数之不足也；俛焉日有孳孳⑤，毙而后已。"

----

①《吕览》：即《吕氏春秋》。　②马贵与：名端临，贵与其字也，宋末元初人。博极群书。《文献通考》，凡二十四门，三百四十八卷。所述事迹，上承唐杜佑《通典》，下迄宋宁宗。明王圻为之续，后人颇病其体例杂驳。清乾隆时，诏廷臣别

续之，成书二百五十二卷；旋又撰《皇朝文献通考》二百六十六卷，与前二书合称"三通考"。　③伊川先生：即程颐。
④子：谓孔子。语见《礼记》。　⑤俛：与"勉"通。孳孳：勤勉不息貌。

直　言

张子有云："民吾同胞。今日之民，吾与达而在上位者之所共也。救民以事，此达而在上位者之责也；救民以言，此亦穷而在下位者之责也。"①

"天下有道，则庶人不议。"②然则政教风俗苟非尽善，即许庶人之议矣。故《盘庚》之诰曰："无或敢伏小人之攸箴，而国有大疑，卜诸庶民之从逆。"③子产不毁乡校④，汉文止辇受言⑤，皆以此也。唐之中世，此意犹存。鲁山令元德秀⑥遣乐工数人连袂歌《于蒍》，玄宗为之感动⑦。白居易为周至尉，作《乐府》及诗百余篇，规讽时事，流闻禁中，宪宗召入翰林⑧。亦近于陈列国之风，听舆人之诵⑨者矣。

《诗》之为教，虽主于温柔敦厚，然亦有直斥其人而不讳者。如曰："赫赫师尹，不平谓何。"⑩如曰："赫赫宗周⑪，褒姒⑫灭之。"如曰："皇父卿士，番维司徒，家伯维宰，仲允膳夫，棸子内史，蹶维趣马，楀惟师氏，艳妻煽方处。"⑬如曰："伊谁云从，维暴之云。"则皆直斥其官族名字，古人不以为嫌也。《楚辞·离骚》："余以兰为可恃兮，羌⑭无实而容长。"⑮王逸⑯《章句》谓："怀王少弟司

162

马子兰。""椒专佞以慢慆⑰兮。"《章句》谓:"楚大夫子椒。"洪兴祖补注《古今人表》⑱,有令尹子椒。如杜甫《丽人行》:"赐名大国虢与秦⑲,慎莫近前丞相嗔。"近于《十月之交》诗人之义矣。

孔稚珪⑳《北山移文》,明斥周颙㉑,刘孝标《广绝交论》㉒,阴讥到溉㉓。袁楚客㉔规魏元忠㉕,有《十失》之书;韩退之讽阳城,作《争臣》之论㉖。此皆古人风俗之厚。

----

①见《西铭》。张子:名载,北宋人,世称"横渠先生"。②见《论语》。 ③见《尚书·洪范》。伏:隐也。小人:谓庶民。言庶民之所欲箴规于上者,无或敢隐匿之。 ④《左传》襄公三十一年:"郑人游于乡校,以论执政。然明谓子产曰:'毁乡校何如?'子产曰:'何为!夫人朝夕退而游焉,以议执政之善否;其所善者吾则行之,其所恶者,吾则改之,是吾师也,若之何毁之。" ⑤见《汉书》卷四九《袁盎传》。⑥元德秀:字紫芝,唐河南人。家贫,求为鲁山令,岁满去职。天宝中卒。天下高其行,称曰"元鲁山"。 ⑦见《新唐书》卷一九四。 ⑧见《旧唐书》卷一六六。 ⑨《左传》僖公二十八年:"楚师背酅而舍,晋侯患之;听舆人之诵曰:'原田每每,舍其旧而新是谋。'公疑焉。" ⑩语见《诗·小雅·节南山》。赫赫:显盛貌。师尹:太师尹氏也。谓何:犹云何也。 ⑪语见《诗·小雅·正月》。周武王都镐,称镐京为"宗周",言王畿之地为天下所宗。 ⑫周幽王之宠妃。生子伯服。王废申后及太子宜臼,而立褒姒为后,伯服为太子。申侯

与犬戎攻周，杀之。　　⑬语见《诗·小雅·十月之交》。皇父、家伯、仲允，皆字。番、聚、蹶、楀，皆氏。趣马、师氏，亦皆官名。趣马：掌马政；师氏：掌司朝得失之事。艳妻：指褒姒。煽：炽也。　　⑭羌：楚人语词，犹"乃"也。　　⑮此句谓但外貌长好，而内无诚信之实。　　⑯王逸：字叔师，后汉宜阳人，著有《楚辞章句》十七卷。　　⑰慆：淫也。　　⑱洪兴祖：字广善，宋丹阳人，著《楚辞补注》十七卷。　　⑲杨贵妃有姊三人，皆丰硕修整，工于谑浪。天宝中，封大姨为韩国夫人，三姨为虢国夫人，八姨为秦国夫人，皆月给钱十万为脂粉费。　　⑳孔稚珪：字德璋，南齐山阴人。风韵清疏，不乐世务，仕至都官尚书。　　㉑周颙：字彦伦，音辞辨丽，工隶书，兼善《老》《易》，长于佛理。　　㉒刘孝标：南朝梁人，名峻，性好学，闻人有异书，辄往借之，人谓之书淫，著《广绝交论》，大意言因五交而生三衅，慨世情浇薄。又有《山栖志》《类苑》《世说新语注》。卒谥元靖先生。　　㉓到溉：字茂灌。梁彭城人。与弟洽俱知名，时人比之二陆。性率俭，不好声色，所莅以清白自修。仕至御史中丞、吏部尚书。　　㉔宗楚客：字叔敖，唐蒲州人。武后其从姑。登进士第，垂拱中位至宰相；韦后时，与纪处讷为党，世号宗、纪。韦后败，伏诛。㉕魏元忠：初名真宰，唐宋城人。好兵术，跌荡少检。中宗在东宫时，元忠为检校左庶子，时二张势倾朝廷，元忠尝奏曰："臣不能徇忠，使小人在君侧。"易之等恨怒，因谮元忠下狱。中宗复位，拜中书令。后宗楚客致其罪，贬务川尉。卒谥"贞"。㉖文载《韩集》卷十四。阳城：字亢宗，唐北平人。为谏议大夫，尝疏留陆贽；帝欲相裴延龄，又尝哭于庭，力沮之。

文人之多

唐宋以下，何文人之多也！固有不识经术，不通古今，而自命为文人者矣。韩文公《符读书城南》诗曰："文章岂不贵，经训乃菑畬①。潢潦②无根源，朝满夕已除。人不通古今，马牛而襟裾。行身陷不义，况望多名誉。"而宋刘挚③之训子孙，每曰："士当以器识为先，一号为文人，无足观矣。"④然则以文人名于世，焉足重哉？此扬子云所谓"摭我华而不食我实"⑤者也。黄鲁直言："数十年来，先生君子，但用文章提奖后生，故华而不实。"⑥本朝嘉靖以来，亦有此风。而陆文裕深⑦所记刘文靖健⑧告吉士之言，空同李梦阳⑨大以为不平矣。见《停骖录》⑩

《宋史》言："欧阳永叔与学者言，未尝及文章，惟谈吏事。谓文章止于润身，政事可以及物。"⑪

----

①菑：田垦一年曰菑。畬：熟田。　②潢：小池；潦：路上流水。　③刘挚：字莘老，东光人。嘉祐中，擢甲科，累官尚书右仆射。性峭直，勇于去恶。绍兴初，追谥忠肃。有《忠肃集》。　④见《宋史》卷三四〇。　⑤《法言·问明》。⑥《黄文节公全集·与洪氏四甥书》。　⑦陆深，字子渊，号

俨山，明上海人。文裕其谥也。登弘治进士，累官至詹事府詹事卒。著书《停骖录》外，有《南巡日录》等二十余种。

⑧刘健，字希贤，明洛阳人。孝宗时，进文渊阁大学士，代徐溥为首辅。学问深粹，以身任天下之重。卒谥文靖。　　⑨李梦阳：字献吉，明庆阳人。弘治进士，官至江西提学副使。工诗古文，才力富健，以复古自命，著有《空同集》。　　⑩《停骖录》李宪副条。　　⑪《宋史》卷三一九《欧阳修传》。

文人摹仿之病

近代文章之病，全在摹仿。即使逼肖古人，已非极诣，况遗其神理而得其皮毛者乎？且古人作文，时有利钝。梁简文①《与湘东王书》②云："今人有效谢康乐③、裴鸿胪④文者。学谢则不届其精华，但得其冗长；师裴则蔑弃其所长，惟得其所短。"宋苏子瞻⑤云："今人学杜甫诗，得其粗俗而已。"叶水心⑥言：庆历、嘉祐以来，天下以杜甫为师，始终唐人之学，谓之江西宗派。金元裕之诗云："少陵⑦自有连城璧，争奈微之⑧识碔砆。"文章一道，犹儒者之末事，乃欲如陆士衡⑨所谓"谢朝华于已披，启夕秀于未振"者，今且未见其人。进此而窥著述之林，益难之矣。

效《楚辞》者，必不如《楚辞》；效《七发》者，必不如《七发》。盖其意中先有一人在前，既恐失之，而其笔力复不能自遂。此寿陵余子学步邯郸之说也⑩。

洪氏⑪《容斋随笔》曰："枚乘作《七发》，创意造端，丽辞腴旨，上薄骚些⑫，故为可喜。其后继之者，如傅毅《七激》，张衡《七辩》，崔骃《七依》，马融《七广》，曹植《七启》，王粲《七释》，张协《七命》之类，规仿太切，了无新意。傅玄又集之以为《七林》，使人读未终篇，往往弃之

167

几格。柳子厚《晋问》乃用其体，而超然别立机杼，激越清壮，汉晋诸文士之弊，于是一洗矣。东方朔《答客难》，自是文中杰出。扬雄拟之为《解嘲》，尚有驰骋自得之妙。至于崔骃《达旨》，班固《宾戏》，张衡《应间》，皆章摹句写，其病与《七林》同。及韩退之《进学解》出，于是一洗矣。"⑬其言甚当。然此以辞之工拙论尔。若其意，则总不能出于古人范围之外也。

如扬雄拟《易》而作《太玄》，王莽依《周书》而作《大诰》，皆心劳而日拙者矣。《世说》："王隐论扬雄《太玄》虽妙，非益也。古人谓之屋下架屋。"⑭

《曲礼》之训："毋剿说，毋雷同。"此古人立言之本。

----

①梁简文：即梁简文帝。幼而聪睿，识悟过人，读书十行俱下，著书甚多。　　②书见《梁书》卷四九《庾肩吾传》。湘东王即梁元帝。幼眇一目，性不好声色。简文帝为侯景所杀，帝命王僧辩平侯景，遂即位于江陵。在位三年，为魏人所杀。著有《汉书注》等四百三十卷。　　③谢康乐：即谢灵运。　　④裴鸿胪：名子野，字几原。梁武帝时累官至鸿胪卿。著有《宋略·众僧传》等书。　　⑤苏子瞻：即苏轼。　　⑥叶水心：即叶适。⑦杜甫自称少陵野老。　　⑧微之：元稹字。　　⑨陆士衡：即陆机。　　⑩《庄子·秋水》："子独不闻寿陵余子之学行于邯郸与？未得国能，又失其故行矣。"　　⑪洪氏：即宋洪迈。⑫《楚辞》语尾多用"些"字，故曰骚些；《骚》即《离骚》。

⑬《容斋随笔》卷七七《七发》条。 ⑭《世说》卷上之下："庚仲初作《扬都赋》成，庚亮曰：'三《二京》，四《三都》。'谢太傅曰：'此是屋下架屋。'"

文章繁简

　　韩文公作《樊宗师墓铭》曰："维古于辞必己出，降而不能乃剽贼。后皆指前公相袭，从汉迄今用一律。"此极中今人之病。若宗师之文①，则惩时人之失，而又失之者也。如《绛守居园池记》，以"东西"二字平常，而改为"甲辛"，殆类吴人之呼庚癸②者矣。作书须注，此自秦汉以前可耳。若今日作书，而非注不可解，则是求简而得繁，两失之矣。子曰："辞达而已矣。"③胡赞宗修《安庆府志》，书正德中刘七事，大书曰："七年闰五月，贼七来寇江境。"而分注于贼七之下曰"姓刘氏"举以示人，无不笑之。不知近日之学为秦汉文者，皆"贼七"之类也。

　　辞主乎达，不论其繁与简也。繁简之论兴，而文亡矣。《史记》之繁处，必胜于《汉书》之简处。《容斋随笔》论《卫青传》封三校尉语④。《史记》胜《汉书》处，正不独此。《新唐书》之简也，不简于事，而简于文，其所以病也。

　　时子因陈子而以告孟子，陈子以时子之言告孟子⑤，此不须重见，而意已明。"齐人有一妻一妾而处室者。其良人出，则必厌酒肉而后反。其妻问所与饮食者，则尽富贵也。其妻告其妾曰：'良人出，则必厌酒肉而后反，问其与饮食者，尽富贵也，而未尝有显者来。吾将瞷良人之所之也。'"⑥"有馈生鱼于郑子产，子产使校人畜之池。校人烹之，反命曰：'始舍之，圉圉焉，少则洋洋焉，悠然而逝。'子产曰：'得其所哉！得其所哉！'校人出，曰：'孰谓子产智？予既烹而食之，曰：得其所哉，得其所哉！'"⑦此必须重叠而情事乃尽。此《孟子》文章之妙。使入《新唐书》，于齐人则必曰："其妻疑而瞷之。"于子产，则必曰："校人出而笑之。"两言而已矣。是故辞主乎达，不主乎简。刘器之⑧曰："《新唐书》叙事，好简略其辞，故其事多郁而不明。此作史之病也。且文章岂有繁简邪？昔人之论，谓'如风行水上，自然成文'，若不出于自然，而有意于繁简，则失之矣。"当日《进新唐书表》云："其事则增于前，其文则省于旧。"《新唐书》所以不及古人者，其病正在此两句也。

　　《黄氏日钞》言："苏子由《古史》⑨改《史记》，多有不当。如《樗里子传》，《史记》曰：'母韩女也，樗里子滑稽多智。'《古史》曰：'母韩女也，滑稽多智。'似以母为滑稽矣。然则樗里子三字其可省乎？《甘茂传》，《史记》曰：'甘茂者，下蔡人也。事下蔡史举，学百家之说。'《古史》曰：'下蔡史举学百家之说。'似史举自学百家矣。然则事之一字，其可省乎？"⑩以是知文不可以省字为工。字而可省，太史公省之久矣。

----

①宗师为文，不肯蹈袭前人，一言一句皆戛戛独造，时号

171

"涩体"。　②《左传》："若登首山以呼曰'庚癸'乎，则诺。"注："庚，西方，主谷；癸，北方，主水。"　③见《论语·卫灵公》。　④《容斋随笔》卷一《文章繁简有常》条。　⑤《孟子·公孙丑下》。　⑥《孟子·离娄下》。睊：窥视。　⑦《孟子·万章上》。　⑧刘器之，即刘安世，金祁阳人，善画。　⑨凡六十卷。所述上起伏羲，下迄秦始皇帝，凡本纪七，世家十六，列传三十七。　⑩《黄氏日钞》卷五一。

文人求古之病

《后周书·柳虬传》："时人论文体有今古之异，虬以为时有今古，非文有今古。"①此至当之论。夫今之不能为二汉，犹二汉之不能为《尚书》《左氏》，乃剿取《史》《汉》中文法以为古，甚者猎其一二字句，用之于文，殊为不称。元阿鲁图②《进宋史表》曰："且辞之繁简以事，而文之今古以时。"盖用柳虬之语③。

以今日之地为不古，而借古地名；以今日之官为不古，而借古官名；舍今日恒用之字，而借古字之通用者，皆文人所以自盖其俚浅也。

《唐书》："郑余庆④奏议，类用古语，如'仰给县官马万蹄'，有司不晓何等语，人訾其不适时。"⑤

宋陆务观《跋前汉通用古字韵》⑥曰："古人读书多，故作文时，偶用一二古字，初不以为工，亦自不知孰为古孰为今也。近时乃或钞掇《史》《汉》中字入文辞中，自谓工妙，不知有笑之者。偶见此书，为之太息，书以为后生戒。"⑦

元陶宗仪《辍耕录》曰："凡书官衔，俱当从实。如廉访使、总管之类，若改之曰监司、太守，是乱其官制，久远莫可考矣。"⑧

何孟春⑨《余冬序录》曰："今人称人姓，必易以世望⑩；称官，必用前代职名；称府州县，必用前代郡邑名，欲以为异。不知文字间著此，何益于工拙？此不惟于理无取，且于事复有碍矣。李姓者称陇西公，杜曰京兆，王曰琅邪，郑曰荥阳，以一姓之望而概众人，可乎？此其失自唐末五季间孙光宪辈始。《北梦琐言》称冯涓⑪为长乐公⑫，《冷斋夜话》⑬称陶谷⑭为五柳公⑮，类以昔人之号而概同姓，尤是可鄙。官职郡邑之建置，代有沿革，今必用前代名号而称之，后将何所考焉？此所谓'于理无取而事复有碍'者也。"⑯

于慎行⑰《笔麈》曰："《史》《汉》文字之佳，本自有在，非谓其官名地名之古也。今人慕其文之雅，往往取其官名地名以施于今，此应为古人笑也。《史》《汉》之文，如欲复古，何不以三代⑱官名施于当日，而但记其实邪？文之雅俗，固不在此，徒混淆失实，无以示远，大家不为也。予素不工文辞，无以模拟。至于名义之微，则不敢苟。寻常小作，或有迁就，金石之文，断不敢于官名地名，以古易今。前辈名家，亦多如此。"⑲

----

①见《后周书》卷三八。　②阿儿剌博尔术四世孙。至元中袭封广平王，拜中书右丞相，为治识大体。　③《欧阳圭斋文集》卷十三。　④郑余庆：字居业，唐荥阳人。由翰林学士，累官检校司徒，封荥阳县公。善属文，每奏对，多傅经义。

⑤《新唐书》卷一六五。　　⑥"韵"下应有"编"字。

⑦《渭南文集》卷二八。　　⑧《辍耕录》卷五《碑志书法》。

⑨何孟春：字子元，明郴州人，师李东阳，学问该博。尝巡抚云南，讨平十八寨叛蛮，卒谥文简。所著《余冬序录》外，有《何文简疏议》《何燕泉诗》《家语注》。　　⑩世望：犹言"门望"，谓其世盛著，为众所仰望者。　　⑪冯涓：字信之，前蜀东阳人。王建掠蜀，以为翰林学士，御史大夫。有文集。

⑫长乐公：后周冯道历事四朝，自号"长乐老"，故因以为称。

⑬《冷斋夜话》：宋释惠洪撰，凡十卷。　　⑭陶谷：字秀实，宋新平人，历仕晋、汉、周、宋，为人隽辨弘博，然奔竞务进。开宝中卒。　　⑮五柳公：晋陶渊明尝著《五柳先生传》以自况。　　⑯《余冬序录》卷四六《考古》。　　⑰于慎行：字可远，明东阿人，更字无垢。登隆庆进士，累迁礼部尚书、太子少保，卒谥文定。所著《笔麈》外，有《谷城山馆诗文集》。

⑱三代：夏、商、周。　　⑲《笔麈》卷八《诗文》。

诗体代降①

《三百篇》之不能不降而《楚辞》，《楚辞》之不能不降而汉魏，汉魏之不能不降而六朝，六朝之不能不降而唐也，势也。用一代之体，则必似一代之文，而后为合格。

诗文之所以代变，有不得不变者。一代之文，沿袭已久，不容人人皆道此语。今且千数百年矣。而犹取古人之陈言，一一而摹仿之，以是为诗可乎？故不似，则失其所以为诗；似，则失其所以为我。李、杜②之诗所以独高于唐人者，以其未尝不似，而未尝似也。知此者，可与言诗也已矣。

----

①陈垣《日知录校注》："只可谓代异，无所谓升降。"
②李：李白；杜：杜甫。

酒　禁

先王之于酒也，礼以先之，刑以后之①。《周书·酒诰》："厥或告曰：群饮②，汝勿佚，尽执拘以归于周，予其杀。"此刑乱国用重典也。《周官③·萍氏》④："几酒⑤谨酒⑥。"而《司虣》⑦："禁以属⑧游饮食于市者。若不可禁，则搏而戮之。"⑨此刑平国用中典也。一献之礼，宾主百拜，终日饮酒，而不得醉焉，则未及乎刑，而坊⑩之以礼也。故成康⑪以下，天子无甘酒之失，卿士无酣歌之愆。至于幽王，而"天不湎尔"⑫之诗始作，其教严矣。汉兴，萧何⑬造律，三人以上，无故群饮酒，罚金四两。曹参⑭代之，自谓遵其约束，乃园中闻吏醉歌呼，而亦取酒张饮，与相应和；是并其画一之法而亡之也。坊民以礼，酂侯既阙之于前；纠民以刑，平阳复失之于后，弘羊踵此，从而榷酤⑮夫亦开之有其渐乎！

武帝天汉三年，初榷酒酤。昭帝始元六年，用贤良文学⑯之议罢之，而犹令民得以律占租卖酒，升四钱⑰，遂以为利国之一孔⑱。而酒禁之弛，实滥觞⑲于此。《困学纪闻》谓："榷酤之害甚于鲁之初税亩"⑳。然史之所载，自孝宣㉑已后，有时而禁，有时而开。至唐代宗广德二年十二月，诏天下州县，各

177

量定酤酒户，随月纳税；除此之外，不问官私，一切禁断。自此名禁而实许之酤，意在榷钱，而不在酒矣。宋仁宗乾兴初，言者以天下酒课，月比岁增，无有艺极，非古禁群饮节用之意。孝宗淳熙中，李焘㉒奏谓："设法劝饮以敛民财。"㉓周辉《杂志》㉔以为"惟恐其饮不多而课不羡"。此榷酤之弊也。至今代则既不榷缗㉕，而亦无禁令，民间遂以酒为日用之需，比于饔飧之不可阙；若水之流，滔滔皆是，而厚生正德之论莫有起而持之者矣。

邴原㉖之游学，未尝饮酒，大禹之疏仪狄㉗也；诸葛亮之治蜀，路无醉人，武王之化妹邦也㉘。

《旧唐书·杨惠元传》："充神策京西兵马使，镇奉天。诏移京西戍兵万二千人以备关东。帝御望春楼赐宴，诸将列坐。酒至神策，将士皆不饮。帝使问之，惠元时为都将，对曰：'臣初发奉天，本军帅张巨济与臣等约曰：斯役也，将策大勋，建大名，凯旋之日，当共为欢；苟未戎捷，无以饮酒。故臣等不敢违约而饮。'既发，有司供饩于道路，唯惠元一军瓶罍不发。上称叹久之，降玺书慰劳。及田悦叛，诏惠元领禁兵三千，与诸将讨伐，御河㉙夺三桥，皆惠元之功也。"㉚能以众整如此，即治国何难哉？沈括《笔谈》言："太宗朝，禁卒买鱼肉及酒入营门者有罪。"㉛

魏文成帝㉜大安四年，酿、酤、饮者皆斩。金海陵㉝正隆五年，朝官饮酒者死。元世祖至元二十年，造酒者本身配役，财产、女子没官。可谓用重典者矣。然立法太过，故不久而弛也。水为地险，酒为人险。故《易·爻》之言酒者，无非《坎卦》。而萍氏掌国之水禁，水与酒同官。黄鲁直^㉞作《黄彝字说》云："酒善溺人，故六彝皆以舟为足。"徐尚书石麒^㉟有云："《传》曰：'水懦弱，民狎而玩之，故多死焉。'酒之祸烈于火，而其亲人甚于水；有以夫，世尽殀于酒而不觉也。"读是言者，可以知保生之道。《萤雪丛说》言："顷年陈公大卿生平好饮。一日席上与同僚谈，举'知命者不立乎严墙之下'问之，其人曰：'酒亦严墙也。'陈因是有闻，遂终身不饮。"^㊱顷者米醪不足而烟酒兴焉，则真变而为火矣。

----

①此句谓以礼节之于先，以刑禁之于后。　　②其有告汝曰：有人群聚饮酒者。　　③《周礼》亦称《周官》。　　④萍氏：《周礼》秋官之属，掌国之水禁。　　⑤几：察也。查察酤酒之过多及非时者。　　⑥谨酒：使民戒慎于酒。　　⑦虣：古"暴"字。司虣：《周礼》地官之属，掌禁暴乱者。　　⑧属：犹群也。　　⑨戮：谓扑辱之。　　⑩坊：与"防"通。
⑪周成王：武王子，名诵，在位三十七年。康王：成王子，名钊，在位二十六年。　　⑫湎：沉于酒。　　⑬萧何：沛人，佐汉高祖定天下，封酂侯，为开国名相。　　⑭曹参：沛人。与萧何同起，封平阳侯。代何为相，一遵何约束。百姓歌之曰："萧何为法，较若画一；曹参代之，守而勿失。载其清靖，民以宁一。"　　⑮榷：官造物专买曰"榷"。榷酤：由公家专利酤

酒。　　⑯贤良文学：一种科举名称。汉文帝诏举贤良方正文学才力之士，待以不次之位。　　⑰升四钱：谓每酒一升，价四钱也。　　⑱孔：犹"端"也。　　⑲滥觞：事之发端。　　⑳《困学纪闻》卷四《萍氏几酒》条。　　㉑孝宣：汉宣帝。

㉒李焘：字仁甫，宋丹棱人。登绍兴时进士，以名节学术知名海内，累官吏部侍郎。著有《续资治通鉴长编》《易学》等数百卷。　　㉓周必大《文忠集》卷六六《敷文阁学士李文简公神道碑》。　　㉔《清波杂志》卷六。　　㉕缗：钱贯也，因亦为钱之称。　　㉖邴原：字根矩，后汉朱虚人。与管宁俱以操尚称。孔融举原有道，历迁五官将长史，闭门自守，非公事不出。

㉗仪狄：古之善为酒者。相传仪狄进酒于禹，禹饮而甘之，曰："后世必有以酒亡其国者。"遂疏仪狄。　　㉘妹邦：地名，殷纣所都处，在今河南淇县北。　　㉙"御河"上原有"战"字，不能省。　　㉚《旧唐书》卷一四四，《新唐书》卷一五六已改易。　　㉛《梦溪笔谈》卷二五。　　㉜魏文成帝：北朝后魏第四帝。　　㉝金海陵：即金废帝。　　㉞黄庭坚，字鲁直，自号山谷道人。宋分宁人。文章天成，与张耒、晁补之、秦观，俱游苏轼门，称四学士。而庭坚尤长于诗，世号"苏黄"。又善行草书。　　㉟徐石麒：字实摩，明嘉兴人。天启进士。福王时，召拜吏部尚书。嘉兴城陷，自缢，殉国。　　㊱《萤雪丛说》卷下。

赌　博

　　万历之末，太平无事，士大夫无所用心，间有相从赌博者。至天启中，始行马吊①之戏。而今之朝士，若江南、山东，几于无人不为此；有如韦昭②论所云"穷日尽明，继以脂烛，人事旷而不修，宾旅阙而不接"者，吁！可异也。考之《汉书》，安丘侯张拾，邛其已反侯黄遂，樊侯蔡辟方，并坐搏掩，免为城旦③。《货殖传》："掘冢博掩，犯奸成富。"王符《潜夫论》：④"以游博持掩为事。"师古⑤曰："博，或作博，六博也。掩，意钱⑥之属也。《后汉书·梁冀传》："能挽满、弹棋、格五、六博、蹴鞠、意钱之戏。"皆戏而赌取财物。"《宋书·王景文传》："为右卫将军，坐与奉朝请⑦毛法因扑戏⑧，得钱百二十万，白衣领职。"⑨《刘康祖传》："为员外郎十年，再坐樗蒲戏免。"⑩《南史·王质传》："为司徒左长史，坐招聚博徒免官。"⑪《金史·刑志》："大定八年，制品官犯赌博法：赃不满五十贯者，其法杖听赎；再犯者杖之。上曰：'杖者所以罚小人也。既为职官，当先廉耻；既无廉耻，故以小人之罚罚之。'"⑫今律犯赌博者，文官革职为民，武官革职随舍，余食粮差操，亦此意也。但百人之中，未有一人坐罪者，上下相容，而法不行故也。晋陶侃⑬勤于吏职，终日敛膝危坐，阃外多事，千绪万端，冈有遗漏。诸参佐或以谈戏废事者，命取其酒器蒲博之具，悉投于江；将吏则加鞭扑。卒成中兴之业，为晋名臣。唐宋璟为殿中侍御史，同列有博于台中者，将责名品而黜之，博者惶恐自匿；后为开元贤相。而史言文宗⑭切于求理，每至刺史面辞，必殷勤戒敕曰："无嗜博！无饮酒！"内外闻之，莫不悚息。然则勤吏事而纠风愆，乃救时之首务矣。

《唐书》言："杨国忠以善樗蒲，得入供奉。常后出，专主蒲簿，计算钩画，分铢不误。帝悦曰：'度支郎⑮才也。'"⑯卒用之而败。玄宗末年荒佚，遂以小人乘君子之器，此亦国家之妖孽也。今之士大夫，不慕姚崇、宋璟，而学杨国忠，亦终必亡而已矣。

《山堂考索》⑰："宋大中祥符五年三月丁酉，上封者言：'进士萧玄之本名琉，尝因赌博抵杖刑；今易名赴举登第。'诏有司召玄之诘问，引伏，夺其敕，赎铜四十斤遣之。"⑱宋制之严如此。今之进士，有以不工赌博为耻者矣。

《晋中兴书》⑲载陶士行⑳言："樗蒲，老子入胡所作外国戏耳。"㉑近日士大夫多为之，安得不胥天下而为外国乎？

《辽史》："穆宗㉒应历十九年正月甲午，与群臣为叶格戏。"㉓解曰："宋钱僖公家有叶子揭格之戏。"按应历十九年，为宋太祖之开宝二年。是契丹先有此戏，不知其所自来。而其年二月己巳即为小哥等所弑。君臣为谑，其祸乃不旋踵。此不祥之物，而今士大夫终日执之，其能免于效尤之咎乎？《宋史·太宗纪》："淳化二年闰月己丑，诏犯蒲博者斩。"㉔《元史·世祖纪》："至元十二年，禁民间赌博，犯者流之北地。"㉕刑乱国用重典，固当如此。

今日致太平之道何繇？曰：君子勤礼；小人尽力。

----

①马吊：赌具之一种。略与纸牌相似。共四十页。

②韦昭：字弘嗣，三国吴云阳人。孙皓时，为侍中，领国史，以持正为皓所杀。著《博弈论》，为时所称。并注《国语》《论语》《孝经》等书。　　③秦汉时徒刑。昼伺寇，夜筑城，故谓之"城旦"。　　④王符：东汉临泾人。为人耿介，志意蕴积，隐居著书，以讥当时之得失；不欲章其名，号曰《潜夫论》。

⑤师古：即颜师古，字籀，唐万年人，官至秘书监，弘文馆学士。为太子注《汉书》。　　⑥意钱：亦称"摊钱"，压钱戏。

⑦朝清：官名，谓奉朝会请召。　　⑧蒲：音蒲；蒲戏：即摴蒲戏，古博戏，犹后世之掷色子。　　⑨见《后汉书》卷六四。白衣领职，谓革职留任。　　⑩《宋史》卷五〇。　　⑪《南史》卷二三。　　⑫《金史》卷四五。　　⑬陶侃：字士行，晋寻阳人。明帝时，拜征西大将军，都督荆襄军事，平苏峻之乱。其忠顺勤劳，人比之诸葛孔明。　　⑭文宗：名昂，唐第十四帝。穆宗子，在位十三年。　　⑮度支郎：掌财政之官。　　⑯见《新唐书》卷二〇六，而《旧唐书》卷一〇六无。　　⑰《山堂考索》：宋章如愚撰。前集六十六卷，后集六十五卷，续集五十二

卷，别集二十五卷。博采诸家，衷以己意，考辨精核，为南宋类书之佳者。　⑱《山堂考索后集》卷三七士门贡举类。

⑲《晋中兴书》：何法盛撰。　⑳陶士行：即陶侃。

㉑《世说新语·政事篇》注引。　㉒穆宗：名璟，小字述律，即辽第四帝。　㉓《辽史》卷七。　㉔《宋史》卷五。

㉕《元史》卷八。

方　音

　　五方之语，虽各不同，然使友天下之士，而操一乡之音，亦君子之所不取也。故仲由之哕①，夫子病之；躲舌之人，孟子所斥②。而《宋书》谓高祖"虽累叶江南，楚言未变，雅道风流，无闻焉尔。"③又谓长沙王道怜"素无才能，言音甚楚，举止施为，多诸鄙拙"④。《世说》言："刘真长⑤见王丞相⑥；既出，人问见王公云何？答曰：'未见他异，惟闻作吴语耳！'又言：'王大将军⑦年少时，旧有田舍名，语音亦楚。'又言：'支道林⑧入东，见王子猷⑨兄弟还，人问见诸王何如？'答曰：'见一群白项乌，但闻唤哑哑声。'"⑩《北史》谓丹阳王刘昶⑪："呵骂童仆，音杂夷夏，虽在公坐，诸王每侮弄之。"⑫夫以创业之君，中兴之相，不免时人之议，而况于士大夫乎？北齐杨愔⑬称裴谳之⑭曰："河东士族，京官不少，惟此家兄弟，全无乡音。"⑮其所贱可知矣。至于著书作文，尤忌俚俗。《公羊》多齐言，《淮南》多楚语；若《易传》《论语》，何尝有一字哉！若乃讲经授学，弥重文言。是以孙详、蒋显曾习《周官》，而音乖楚夏，左思《魏都赋》："盖音有楚夏者，士风之乖也。"⑯则学徒不至；《梁书·儒林传》陆倕云李业兴⑰学问深博，而旧音不改，则为梁人所笑。《北史·本传》邺下人士，音辞鄙陋，风操蚩拙[18]，则颜之推不愿以为儿师。《家训》是则惟君子为能通天下之志，盖必自其发言始也。

《金史·国语解序》曰："今文《尚书》[19]辞多奇涩，盖亦当世之方音也。"

《荀子》每言"案"，《楚辞》每言"羌"，皆方音。刘勰《文心雕龙》云："张华[20]论韵，谓士衡[21]多楚，可谓衔灵均[22]之声余，失黄钟[23]之正响也。"[24]

----

①嗻：语言粗俗。　②鴃：鸟名，伯劳也；鴃舌：谓其语若鸟鸣之不可通。《孟子》："今也南蛮鴃舌之人，非先王之道。"　③《宋书》卷五二《传论》。　④《宋书》卷五一。　⑤刘真长：名惔，晋相人。为人清远有标格，雅善言理，官至丹阳尹。　⑥王丞相：即王导。导字弘茂，少有风鉴，识量清远。元帝为琅琊王时，导知天下将乱，劝王收贤俊与共事。及即位，参与机务，朝野倾心，号称"仲父"。历辅明帝、成帝。晋之中兴，导功为多。　⑦王大将军：即王敦，字处仲，导之从兄。尚武帝女襄城公主。元帝时为征南大将军。　⑧支道林：名遁，晋僧，陈留人，善草隶。　⑨王子猷：名徽之。羲之子。性卓荦不羁，仕至黄门侍郎。　⑩《世说新语·排调》。⑪刘昶：宋文帝第九子，后归魏，三尚公主，封丹阳王。⑫《北史》卷二九。　⑬杨愔：字遵严，北齐人。早著声誉，风标鉴裁为朝野所称。天保初，封开封王。　⑭裴谳之：字士

186

平。为许昌太守，清廉为民所爱。　⑮《北齐书》卷三五。

⑯《文选》卷六。　⑰李业兴：后魏长子人。博涉百家，尤长算历。孝庄帝时，以造历，封长子伯。　⑱蚩：与"媸"通，丑也。　⑲《尚书》有今文、古文之别。汉初伏生所传二十八篇，学者递相授受，写以汉隶，故谓之"今文尚书"。　⑳张华：字茂先，晋方城人。学问优博，时人比之子产。位至右光禄大夫，封广武侯。著有《博物志》。　㉑士衡：陆机字。机有异才，文章冠世。晋太康末，与弟云俱入洛，张华见之曰："伐吴之功，利获二俊。"后遇害。有《陆平原集》。　㉒灵均：屈原号。　㉓黄钟：十二律之一。　㉔《文心雕龙·声律》。